KB001522

내가 선택한 삶이지만
때로는 도망치고 싶을 때가 있다.

그래서,

2년 만에
비행기 모드 버튼을 눌렀다.

2년 만에
비행기 모드 버튼을 눌렀다

정재이 글·사진

더라인북스

차례

그때, 그날의 여행

"그럼 우리 집에 오면 되지!"

아이스 아메리카노 한 모금을 다 삼키기도 전에 친구의 호쾌한 목소리가 귓가에 울렸다. 마스크가 일상 필수품이 아니던 시절의 어느 무더운 여름날, 우리는 여행에 대해 이야기를 하고 있었다.

고등학생 때부터 미국에서 살고 있는 내 친구는 내가 교환학생으로 유학을 갔던 2010년부터 알고 지냈다. 친구는 대학생 때부터 방학을 즐길 겸 한국에 계신 부모님을 뵙기 위하여 최소 1년에 한 번씩 한국과 미국을 오갔고 한국에 오면 두 달은 머무르곤 했다. 각각 서울의 서쪽과 동쪽 근교에서 지내던 우리 둘은 이때가 아니면 1년에 한 번도 만날 수 없어서 기꺼이 한 시간 넘게 지하철을 타고 중간 지점에서 만나 최소 세 번씩 밥을 먹었다. 그렇게 서로의 안부를 전한 뒤 각자의 삶을 열심히 살다 보면 금세 친구의 여름방학이 찾아왔다. 친구는 변함없이 한국에 왔고, 우린 세 번의 식사를 하고, 또다시 잘 지내란 인사를 주고받았다. 이 과정을 몇 번 반복하니 우리는 어느새 10년을 알고 지낸 사이가 되어 있었다. 이때는 막연히 미국 시애틀로 여행을 떠나 볼까 싶은데 숙박비가 만만치 않은 것 같아 고민이 된다는 얘길 하고 있던 참이었다.

"샌프란시스코는 어때? 우리 집이 다운타운이랑 가까운 편이고, 나도 집에서 새 직장을 알아보는 중이니까 같이 거실에서 공부하고 그러면 좋지 않을까? 가끔은 관광도 하고."

"너 진심이야? 이러면 나 진짜 가는 수가 있어."

"당연하지. 생각 있으면 진짜 와. 벌써 신난다."

세 번. 사람이 같은 말을 세 번이나 하면 진심이라고 하지 않던가(출처는 알 수 없지만). 뿌리치기엔 너무나 솔깃했던 이 제안은 대화를 나눈 지 3일 만에 공식적인 사실이 되었다. 친구 남편의 허락이 떨어진 뒤 적당한 가격과 일자에 항공편이 있는 것을 발견한 내가 바로 결제를 했기 때문이다. 이미 여러 차례 해외여행을 다녀와서 성급하고 무모한 결정을 내린 건 아닐지 마음이 불편하기도 했지만, 항공사 앱에 저장된 스마트 티켓을 가만히 바라보니 입꼬리가 눈치 없이 씰룩거렸다. 미국에 다시 가게 되다니. 교환학생 시절 이후 약 10년 만이었다. 이번에 여행을 또 가면 집에서 붙여 준 '짐 싸는 여자'란 별명을 이제 정말로 피할 수 없게 될 테지만 별수 없었다. 이렇게 신나 미치겠는데. 이건 가야 하는 것이다.

특히 서부는 여전히 대중교통 이용이 불편하다는 인식이 있어서 다시 가고 싶어도 번거로운 것이 많아 보여 실제로 떠날 마음을 잘 먹지 못했다. 그런데 이런 신나는 기회가 굴러들어오다니! 분명히 또 좋은 경험과 새로운 추억을 쌓을 수 있을 거라 믿으며 나는 샌프란시스코행 비행기를 타고 한 달간 미국으로 떠났다. 그런데 그날의 결심을 '너무나도 잘한 것'이었다고 전적으로 옹호하는 날이 올 줄은 몰랐다. 2020년 초, 이 여행은 코로나19의 등장과 함께 바이러스의 위협 없이 어디든 떠날 수 있었던, 내 인생의 마지막 프리팬데믹 여행이 되어 버렸기 때문이다.

이전의 삶으로 언제 돌아갈 수 있을지 알 수 없다는 불안감, 매일 아침 지역별 감염자 수를 발표하는 뉴스, 서로를 감시하는 듯한 시선 속에서 무기력한 날들이 지속됐다. 새로운 일상에 적응해 갈 때쯤 친구와 나눈 여름날의 대화가 문득 떠오른 이유는 인스타그램에서 본 해시태그 때문이었다. 자기 전, 여느 때와 다름없이 머리맡 조명 하나만 켜둔 채 휴대폰을 쥐고 침대에 누워 엄지손가락으로 재빠르게 사진을 넘기다 지인이 올린 여행 사진을 보게 되었다. 사진 밑에는 별다른 서사 없이 과거, 추억 그리고 회상을 뜻하는 단어 '#throwback'이 적혀 있을 뿐이었다.

아, 이 단어가 이토록 아련하고 소중하게 느껴질 줄은 그 누구도 상상하지 못했을 것이다. 하늘을 바쁘게 오가던 비행기의 모습은 뜸해졌고 우리는 집앞 카페에

나가는 일조차 신중하게 결정해야 했다. 모든 것을 마음대로 결정할 수 없었던 그때, 우리는 그 어느 때보다 '스로우백throwback'이 지닌 힘에 감탄했다. 즐거웠던 순간을 추억하고 그때를 함께해 준 이들에게 감사하며 다시 한번 연결되기를 원했다. 어쩌면 뒤를 돌아보지도 않고 그저 앞으로만 나아가려던 우리에게 신이 잠시 멈춤을 명령한 듯한 기분도 든다.

여행을 가지 못하게 된 것 외에도 팬데믹과 함께한 우리의 일상에는 극적이면서도 다양한 변화들이 가득했다. 친구와 밖에서 밥을 먹으려면 나라가 지정한 인원수에 맞춰서 만나야 했고 관광과 여행이 대부분 중단됐으며 학교 수업과 직장 업무가 집에서 진행되었다. 많은 사람들이 갑작스럽게 일터에서 밀려났고 무기한 무급 휴직에 들어가면서 정부가 주는 보조금에 잠시라도 몸을 기대야 했다. 나처럼 원래부터 재택근무를 하고 지내던 프리랜서 번역가의 경우 변함없이 진행되는 작업 일정에 안도감을 느끼면서도 지금까지와는 다른 어떤 일이 생길 수도 있다는 불안감을 견뎌 내야 하기도 했다.

그날 밤 나는 우연히 발견한 해시태그 덕분에 잠을 자려다 자세를 고쳐 잡고 앨범 속 사진을 하나씩 보며 그날의 계절, 기분, 사람, 기억을 떠올려 보았다. 생각해 보니 사진을 많이 찍고 저장하고 싶어서 저장 용량이 넉넉한 휴대폰을 구입했는데 정작 사진을 꺼내 보는 일은 거의 없었던 것 같다. 천천히 한 장씩 넘겨 보고 동영상을 재생해 보니 신기하게도 그곳의 냄새와 온도가 느껴졌고 소소하지만 행복한 기운이 차올랐다. 함께했던 친구에게 사진을 보내고 이야기를 하고 싶은 강한 욕구가 불쑥 솟아올랐다.

'그래, 지금의 상황을 타개하기 위해 끊임없이 해결책을 찾아보는 것도 중요하지만 지난 시간을 뒤돌아보고 회상하는 시간을 보내 보자. 앞만 보고 나아가기보다 잠시 멈춰서 숨을 고르는 거야.'

프리팬데믹 시절 미국 샌프란시스코와 로스앤젤레스에서 보냈던 시간을 추억하다 최근 나의 일상은 어떠했는지도 곰곰이 생각해 보았다. 코로나19와 함께 사는 것이 익숙해진 요즘, 마지막 여행 이후 기다림 혹은 포기라는 이름으로 많은 것을 내려놓아야만 했던 대략 2년 동안 나는 어떤 하루를 보내고 있었을까.

일상을 여행하듯 살고 싶다던 그 다짐은 지키며 지냈던가? 그동안 번역가로서는 어떻게 성장했을까? 언제나 '다음'을 고민하며 살아왔지만, 잠시 시간을 내어 '이전'을 생각해 보는 것도 충분히 의미가 있어 보였다. 모든 것이 불확실하게 느껴질지라도 삶은 계속되어야 하기에 일상을 풍요롭고 기쁘게 보내는 힘을 찾고 싶은 마음으로 여행과 삶을 돌아보는 기록을 하기로 했다.

그렇게 노트를 펴고, 팬데믹 직전 방문했던 미국 샌프란시스코와 로스앤젤레스에서 촬영한 사진을 중심으로 그때의 마음과 만났던 사람들에 대한 이야기를 적어 내려갔다. 이 책에는 그러한 이야기들이 담겨 있다.

음식, 사람, 풍경, 날씨, 소리, 냄새… 그리운 것들을 어떻게든 글자로 표현하고 싶어 쓰고 또 썼다. 곳곳에는 여행 기록과 함께 번역과 관련된 에피소드도 등장한다. 한 달 동안 먹고놀기만 했다면 정말 좋았을 텐데, 슬프게도 그럴 수가 없어 여행 중 종종 번역 작업을 했다. 하지만 그 또한 여행의 일부이기에 기록에 포함했다. 또 팬데믹 이후 나의 삶을 돌아보는 시간을 보내고, 그 생각들을 글로 옮겼다. 따라서 가장 사랑했던 삶의 즐거움인 '여행'을 잃어버린 프리랜서 번역가의 포스트팬데믹 분

투기도 엿볼 수 있을 것이다.

　여행은 추억이라는 형태로 언제나 우리 곁에 있다. 사진 하나만 가지고도 하고 싶은 말들이 콸콸콸 쏟아져 나온다. 이야기하는 사람의 눈빛을 보면 그는 이미 사진 속 여행지에 가 있다. 사진 속의 소리와 냄새, 촉감까지 모두 전달하고 나서야 현실로 돌아온다. 그런데 신기한 것은, 이야기하는 사람만 기억 속의 여행지에 다녀오는 것이 아니라 듣는 사람을 같이 데려갔다 온다는 것이다. 여행을 말하는 의미가 바로 여기에 있다. 함께 추억하는 마음. 우리 삶을 촘촘히 채우는 이 마음 때문에 다시 여행을 꿈꾸고, 기록하고, 그리워한다고 믿는다.

여행을 갈 땐 공항 서점에서 파는 새로운 책을 구입해 읽어 본다.
이런 낯선 책과의 만남도 여행의 즐거움.

출발

여행지로 출발하는 일은 말로 설명하기 힘든 오묘한 감정을 불러일으킨다. 흔히 여행을 설렘이라고 표현하지만 실은 긴장에 더 가까울지도 모르겠다. 떠나는 날이 다가올수록 무어라 정의할 수 없는 기분에 휩싸인다. 신나는 것도 같고, 분주한 것도 같고, 미리 알아보고 챙겨야 할 것도 많아 마음이 날카로워지기도 한다. 이렇게 쓰고 나니 딱히 즐거운 일 같아 보이지 않는데도, 유쾌한 긴장의 연속이라는 말도 안 되는 듯한 표현이 어울리는 일이 바로 여행이다.

나는 여행지에서 장소를 이동할 때 심호흡을 하고 두

고 가는 물건은 없는지 주변을 살펴본 뒤 지도 앱을 미리 켜고 '나가서 왼쪽' 따위를 속으로 중얼거리며 자리를 일어난다. 혼자 여행을 할 때는 특히 더 그렇다. 혼자이기 때문에 정신을 바짝 차려야 한다며 입을 앙 다문다. 약간의 낙관주의를 섞어서, 지금까지 머물렀던 곳에 잘 도착한 것처럼 다음 목적지를 향해 가는 과정도 크게 다르지 않을 거라고 믿으며 씩씩하게 걸음을 내딛는다. 다만 휴대폰을 손에서 놓지는 않는다. 길을 잃지 않기 위해 도착해야 하는 곳의 이름을 수학 공식 외우듯 입으로 자꾸 소리 낸다. 그러나 만일 길을 잘못 든다면 그건 또 그것대로 괜찮다고 생각하기로 한다.

맙소사, 이랬다저랬다 모순투성이다. 뜻밖의 상황이 생겨도 괜찮다고 애써 다짐하면서도 한편으론 철저하게 계획을 세우거나 대비책을 마련해 둔다. 새로운 모험을 향해 막 발걸음을 뗀 여행자의 머릿속은 조용할 날이 없다. 다음의 장소는 얼마나 멋지고 색다를까? 하지만 예상과 다르면 어떡하지? 나와 같은 여행자도 만날수 있을까? 여행을 시작하는 순간 내 머릿속과 마음속은 긴장과 설렘, 걱정과 흥분이 한데 뒤엉킨다.

프리팬데믹 시절, 가방을 수하물로 부친 뒤 공항에서 점심을 먹고 있던 나의 여행도 이런 모양을 하고 있었다. 무려 10년 만의 미국 방문을 앞두고 이런저런 기분이 들었다. 설레었지만 불안했고 불안하지만 설레었달까. 짧게 유학한 적이 있어 미국이 마냥 새롭고 낯선 것은 아니지만 그래도 오랜만이고, 번역가가 된 후 디지털 노마드로서 여행을 떠나는 것은 처음이라 그랬을 것이다. 매일을 여행하듯이 살면서 눈앞의 이국적인 풍경을 배경 삼아 일을 하기도 하고 때론 시간에 몸을 담그며 느긋하게 하루를 누리는 것. 미국 여행은 바로 이런 일상을 보내는 게 목적이었다.

비행기 탑승을 앞두고 이 여행이 어떻게 시작하게 됐는지를 떠올려 보았다. 사실 모든 것의 출발점은 번역가가 되겠다고 결심한 순간부터가 아닐까 싶다. 번역가란 직업은 내 안에 희미한 불씨처럼 오래도록 머물러 있던 장래 희망 중 하나였고 그 희미한 불씨는 불안정한 직장 생활과 이런저런 사회적 스트레스, 좋아하는 일을 하며 살고 싶다는 욕구로 인해 조금씩 타오르기 시작했다.

사회생활을 한 지 2년 정도 되었을 때 앞으로 어떤 일을 하면서 어떻게 살아가야 하는지 고민을 정말 많이 했고, 결국 퇴사를 하고 새로운 시작에 대비하자고 결심했다. 그 과정은 분명 흥분되는 일이었고 실제로 신이 나기도 했지만 늘 불안을 달고 다녔다. 번역가가 되고 싶다는 열정만큼이나 다른 이들에게 성공한 내 모습을 보이고 싶다는 욕심과 두려움이 함께 있었기 때문이다. 실제로 번역가다운 일을 하기까지 시간이 걸리면서 불안은 더 커져만 갔다. 그때의 나는, 목적지의 이름을 되뇌며 조금씩 가까워지고 있을 거라 믿으면서도 '실시간 탐색'이라는 명목 하에 경로를 수정하겠다고 떠들어대는 지도 앱을 불안하게 들여다보고, 차마 앱을 지울 수는 없어서 휴대폰을 꼭 쥔 채 이곳저곳을 초조하게 두리번거리는 여행자와 같았다. 잘될 거라 스스로를 다독이지만 수시로 구인구직 사이트를 들락거리며 할 만한 일이 없는지 검색해 보면서, 설렘과 불안을 동시에 품은 양면적인 일상을 보냈으니까.

분주한 창밖의 활주로를 바라보다 보니 비행기 탑승 안내 방송이 흘러나왔다. 천천히 몸을 일으켜 탑승 대기줄로 다가갔다. 이제 다시 여행을 시작한다. 이번 여행은 어떨까. 불안과 염려보다는 조금 더 여유롭고 즐거운 마음으로 하루하루를 보내리라. 분명 유쾌한 긴장의 연속일 것이다.

지정된 좌석에 앉아 얌전히 벨트를 메고 모든 것을 맡겼다. 이제부터는 힘을 빼고 다가올 일들을 기분 좋게 마주하리라 다짐하며 머리를 의자에 기댔다.

샌프란시스코 시내 탐방 첫날, 카페 계단에서.

발걸음을 카메라에 담고 싶을 때가 있다.
조금 지쳐 있거나 힘을 낼 수 없을 때 이런 사진들을 꺼내 보며
기운을 얻는다.

가장 좋아하는 하루

"가장 먼저 하고 싶은 게 뭐야?"

당분간 신세를 지게 된 집에 짐을 내려놓은 뒤, 점심을 먹으러 나가는 길에 친구가 내게 물었다. 비행기를 타기 전에도 여러 번 들었던 질문이기도 하다. 글쎄, 뭐가 가장 하고 싶을까. 이상하게 답이 잘 나오지 않았다. 사실 여행을 떠나는 것 자체가 1순위였기 때문이었다.

당시 나의 일상에는 쉼표가 필요했다. 새 시즌 컬렉션이 발표되고, 패션 매장에 가을 옷이 전시되기 시작하는 늦여름까지는 나의 번역 작업도 성수기여서 눈코 뜰 새 없이 바빴기 때문이다. 그렇기에 미국 여행이라는 쉼표 하나 찍기 위하여 미리 해결해 두어야 할 일들이 산더미처럼 쌓였었다. 가서 무엇을 하고 싶은지를 생각하기보다 일단 떠나는 것 자체를 우선순위에 둘 수밖에 없었다.

출발하는 날이 다가올수록 주변 사람들이 더더욱 뭘 하며 시간을 보낼 거냐고 물었지만 나는 별다른 답을 내놓지 못했다. 여행 기간은 총 4주, 약 한 달인데 너무 계획 없이 떠나는 것 같다는 생각에 내심 불안해졌다. 선포하듯 뭐라도 하겠다고 외쳐야 할 것만 같은 기분이었다. 손님을 맞는 친구 입장에서는 방문객이 아무런 계획 없이 오는 것이 부담스러울 수도 있다는 걸 잘 알아서 빨리 무언가 하고 싶은 것을 찾아내야 한다는 초조함까지 밀려들었다. 왜, 평소에 친구와 점심 메뉴를 정할 때 '난 다 좋아'라고 대답해 버리면 자연스럽게 상대한테 어떤 제안을 내놓도록 떠넘기게 되는 것처럼 말이다.

비행기를 타기 전에도 비행기를 탄 후에도 내놓지 못

했던, 무엇을 하며 하루를 보내고 싶은가에 대한 답을 이제는 제시할 때가 된 것 같아 치즈버거를 크게 한 입 베어 물고 잠시 생각에 빠졌다.

그러고 보면, 여행지에서는 무엇을 해야 좋은 하루를 보내는 걸까. 여행지에서 하루를 망치고 싶은 사람은 단언컨대 한 명도 없을 것이다. 모두 좋은 시간과 기억을 만들고 싶어서 성심성의껏 조사를 하고 계획을 세운다. 꼭 먹어야 한다는 음식, 꼭 가 봐야 한다는 명소, 꼭 보아야 한다는 풍경 중에서 가장 끌리는 몇 가지를 선택하고 퍼즐을 맞추듯 타임 슬롯에 하나둘씩 일정을 끼워 넣는다. 지금까지의 나는 그렇게 빼곡히 일정을 나열해야만 안심하고 흐뭇해했던 것 같다. 이국적인 곳에서 색다른 체험을 빠짐없이 하는 것도 좋지만 지극히도 평범한 나의 하루, 그러니까 내가 가장 만족감을 느끼는 하루와 타지의 풍경을 조합해 보는 건 어떨까. 그때는 그런 생각을 했던 것 같다.

프리랜서가 된 후로 나의 하루는 아침 9-10시쯤 시작된다. 9-10시'쯤'이라고 말하는 이유는 알람을 맞추지 않고 기상하기 때문이다. 그 시간이 몸에 익숙해져서인지 정확히 같은 시각은 아니더라도 그 즈음 눈을 뜬다. 컴퓨터로 치자면 부팅이 다소 느린 편이라 잠에서 깼다 하더라도 눈만 끔뻑거리며 30분 정도를 그냥 흘려보낸다. 이때 휴대폰에 쌓인 각종 알림들을 실눈으로 확인한다. 오피스 아워가 시작되고 나서 일어나는 편이다 보니 잠을 깨기도 전에 거래처 이메일이 와 있기 때문이다.

그다음 거실로 나가 물 한 잔을 마시면서 창밖의 날씨를 확인하고 거리를 오가는 사람들을 구경한다. 아기를 데리고 오전 산책에 나선 아기 엄마, 부지런히 장을 보러 가는 주부, 카트를 타고 우유 배달에 나선 직원, 분주한 택배 배달원 등 나보다 조금 일찍 하루를 시작한 사람들을 보며 그들의 기운을 받아 천천히 해야 할 일들을 떠올린다. 도서관에 나가 책을 읽거나 집에서 바로 작업을 시작하기도 하고, 지인을 만나 점심 식사를 하기도 한다. 온전히 내가 계획하고 만드는 하루. 잠에 취해 눈은 뜨지도 못한 채 일단 샤워기에 머리를 들이미는 아침 대신 남들보다 늦더라도 조금은 여유롭게 낮을 시작하는 하루. 그래, 바로 이거다.

나는 친구에게 그저 평범한 하루부터 보내고 싶다고 말했다.

"적당히 이른 아침에 일어나서 잠이 깰 때까지 멍하니 있기도 하고, 이불을 정리한 뒤에는 간단히 스트레칭을 하고, 아침을 먹은 뒤엔 이메일을 확인하거나 미드를 보면서 빈둥빈둥 오전을 보내다 점심을 해 먹는 거지. 그리고 카페에서 사람 구경을 하며 커피도 마시고 원고도 읽고. 실없는 대화를 나누다 집에 들어오기도 하고 말이야."

미국에 발을 내디딘 직후부터 나는 스스로를 재촉하고 싶은 마음이 전혀 없었다. 여기까지 왔으니 더 걷고, 더 보고, 더 먹어야 하지 않겠냐는 압박감을 물리치고 느긋하게 이곳의 여유로움과 편안함이 조금씩 피부로 스며드는 순간을 기념하고 싶었다. 별다를 것 없는 하루를 보내는 그 소박한 시간이, 가장 기억에 남는 순간으로 오래도록 이야기될 것이 분명하기 때문에.

대답에 더해 이런 추상적인 이야기를 풀어 놓으려다 궤변처럼 들릴까 봐 일단 햄버거부터 다 먹고 장을 보러 가자고 했다. 배 속이 든든해야 가장 좋아하는 하루도 보낼 수 있는 거니까.

이 세상 어디에도 존재하지 않는 특별한 물감을 하늘에 풀어
아름다운 수채화를 그린 것만 같다.

쓰는 사람

아주 간소한 차림을 해야 하는 상황이 아니라면, 어 딜 가든 들고 다니는 외출 필수품이 있다. 바로 온라인 서점에서 사은품으로 받은 북파우치다.

면으로 된 이 얇은 북파우치는 두껍지 않은 책 한 권 과 노트 한 권을 넣어 휴대하면 딱 좋은 크기인데 틈새 에 각각 펜과 연필 한 자루, 작은 사이즈의 포스트잇, 어 딘가에서 받았던 물티슈를 넣을 수 있다. 이렇게 내부를 꽉 채우고 나면 살짝 흐물흐물했던 파우치에 구조감이 생겨서 들고 다니기가 편해진다. 주로 카페에 갈 때 이 북파우치를 들고 가는데, 대중교통을 이용해 시외를 오가거나 잠시 시간을 때워야 할 때 꽤 쓸모가 있다.

파우치에 넣어 두었던 책을 꺼내 읽고, 그러다 좋은 문장이나 기억하고 싶은 부분이 나오면 연필을 꺼내 살살 밑줄을 긋거나 포스트잇을 붙이고 감상을 적어 두기도 한다. 혹은 책 대신 노트를 꺼내 그날의 기분이나 해야 할 일을 쓴다. 가끔 공상에 잠겨 있다가 떠오르는 아이디어를 적기도 한다. 휴대폰을 수시로 들여다보는 대신 조금 더 의미 있게 시간을 보낼 수도 있고, 손으로 쓰면 흩어져 있던 생각들이 한 자리에 깔끔히 정리되는 기분이 들어서 좋다(여기서 기록한 것들을 나중에 실천에 옮겼는지 여부는 중요하지 않다). 그리고 앞서 어딜 가든 들고 다닌다고 말했으니 예상할 수 있다시피, 이 북파우치는 미국에서도 나와 함께 시간을 보냈다.

친구와 다운타운에 있는 어느 대형 서점에 들어서니 나의 북파우치와 잘 어울릴 것 같은 책과 노트들이 잔뜩 보였다. 서울에 있는 규모가 큰 서점들과 비슷한 분위기였는데 깔끔하게 진열된 책들 사이에 서점 직원들의 추천 메시지와 감상을 적어 둔 노란 메모지가 눈에 띄었다. 각자의 자필로 써 둔 메모지를 구경하는 재미가 쏠쏠해 평소 궁금했던 책에도 직원들이 쓴 노란 메시지가 있을까 싶어 찾아다녔지만 아쉽게도 발견하지는 못했다.

평일 오후여서인지 서점은 한가했고, 우리는 다른 손님들에게 방해가 되지 않도록 소곤소곤 책에 대한 얘기를 주고받았다. 친구는 한국 책이 미국 책보다 훨씬 예쁘고 튼튼하고 가독성이 좋다고 말했다. 나는 반대로 미국 책이 가볍고 크지 않아 실용적이라고 생각한다 했더니 그것도 맞지만 종이가 쉽게 변색되고 젖기 쉬워 책을 좋아하는 자기로서는 비싼 가격과 보존성을 무시할 수 없어 결국 전자책을 선택하게 된다고 말했다. 한국에서는 주욱 찢은 오래된 원서가 인테리어 소품으로 예쁘다며 한 장에 몇백 원씩 거래되고 있는데 말이다.

우리 둘은 심리와 자기 계발 서적에 관심이 많아 발걸음을 해당 코너로 옮겼다. 그리고 시간이 지나면서 자연스럽게 각자의 관심사를 찾아 흩어졌다. 나는 영어 학습 관련 책을 보다가 이왕 색다른 곳에 왔으니 파우치에 넣어 다닐 만한 책이나 노트가 있을지 찬찬히 둘러보기 위해 다른 쪽 서가를 향해 걸어갔다. 미국에 와서도 서점 안의 문구 코너를 지나칠 수 없다니, 나도 참 나답다는 생각이 들었다.

매대를 요리조리 구경하다 보니 어느 새 내 발걸음은 다양한 색깔과 사이즈의 저널을 전시해 둔 곳에 멈춰 있었다. 그리고 그곳에 적힌 문구가 눈에 들어왔다.

Write Your Life.

손님이 저널을 구매하도록 쓴 홍보 문구일 뿐인데 내게는 웅장한 선언문처럼 다가왔다. 먼 곳까지 찾아온 여행자에게 일로 지친 마음을 잘 충전하고, 다시 돌아가서 쓰는 삶을 멈추지 말라고 말하는 것만 같아 뭉클한 기분도 들었다. 삶을 쓴다는 것은 뭘까 궁금해지기도 했다. 온전한 나의 생각과 마음을 담은 글도 나의 삶이지만, 번역가로서 고뇌와 기쁨과 인내와 설렘을 느끼며 쓴 번역문도 나의 삶이지 않을까. 그렇다면 번역문을 쓰는 것 또한 나의 삶을 기록하는 일일 것이다. 그래, 분명 이 둘은 닮아 있다. 아니, 어쩌면 동일하다.

자세히 알아보고 싶은 것이 있을 때 자연스럽게 책을 찾는 나는 번역이란 세계에 발을 들이면서 더욱 읽고 쓰는 사람이 되었다. 읽지 않으면 배울 수 없고 쓰지 않으면 배운 것을 소화할 수 없다는 철학이 마음에 스며든 탓이다. 요즘은 인터넷 검색으로도 쉽게 많은 내용을 접할 수 있고 전문가들이 동영상 채널을 개설해 유명 작가나 연사 못지 않은 좋은 정보를 제공하긴 하지만, 궁금한 것이 있으면 유튜브나 SNS에 해시태그를 넣어 검색하는 지인들과 달리 나는 여전히 책, 그리고 서점을 떠올린다. 알고 있는 지식과 정보를 한 권의 책으로 정리해 내는 데 쏟은 시간과 노력, 정성을 믿기 때문이다. 그렇게 눈으로 배운 것을 한 번 더 익히고 싶을 땐 노트를 펼치고 검정색 펜으로 옮겨 적는다. 이 문장들이 내 일상을 조금 더 풍요롭게 만들어 주기를, 지혜로운 길로 나아가도록 도와주기를 바라면서 말이다.

읽고 쓰는 것이 익숙한 것은 성향 탓일 수도 있지만 평생 업으로 삼고 싶은 나의 일, 번역 때문일지도 모른다. '번역은 다시 쓰기'라는 말이 있는 것처럼 번역가야말로 매일 쓰는 사람이기 때문이다. 직업 특성상 글을 옮기는 역할이 크게 강조되지만 사실 그 시작과 끝은 모두 읽고 쓰는 행위를 수반한다. 그런 의미에서 나는 번역문이 원작자의 것인 동시에 번역자의 것이라고 생각한다. 독자보다 먼저 원작을 접한 번역가는 창작자의 글을 자신의 모국어로 옮기면서 작가가 거쳤던 창작의 발자취를 조용히 따라간다. 단어를 곱씹으며 생각에 잠기고 시간을 들여 원문과 가장 잘 어울리는 표현을 찾아 번역문을 탄생시킨다. 원문 없이 번역문이 나올 수 없고, 번역문이 나오려면 원문은 당연히 존재해야 한다. 서로의 어깨가 맞닿아 있는 사이랄까. 이 둘은 창작자와 번역가 두 사람이 각기 다른 장소에서 다른 모습으로 써 내려간 하나의 결과물이다.

서점을 나온 뒤에는 꼭 먹어 보고 싶었던 모히또 커피를 파는 카페로 향했다. 어디에서나 맛볼 수 없는 스페셜티 커피 한 모금에 한껏 부풀어올랐던 생각이 조금씩 차분해졌다.

Write Yo

Our Favorit

시내 서점에서 만난 문구.
'삶을 기록하는 일을 멈추지 말자.'
당신에게, 아니 어쩌면 나에게 하고 싶은 말.

ur Life

ournals

행복을 찾아서

여행을 떠나기 전, 나만의 루틴이 하나 있다. 내가 방문할 여행지가 배경으로 나오는 영화를 보는 것. 책을 읽는 것과 달리, 영화는 짧은 시간을 들여 긴 여운을 맛볼 수 있기 때문이다. 이런 영화들은 목적지를 향해 달려가는 비행기 안에서, 기내식을 먹으며, 유선 헤드폰을 쓰고, 약간의 흔들림 속에서 보는 게 제맛이다.

샌프란시스코 차이나타운에 들어서니 기내에서 본 영화 〈행복을 찾아서〉의 여러 장면들이 떠올랐다. 나는 영화 제목, 윌 스미스와 아들 제이든 스미스의 출연, 촬영 당시 귀여운 꼬마였던 제이든 스미스의 모습만 보고 이 영화가 사랑스럽고 즐거운 분위기의 가족 코미디 영화라고 생각했다(분명 나와 같은 사람이 꽤 있을 것이다). 줄거리만 제대로 읽었어도 이런 오해를 하지는 않았을 텐데 말이다. 기내식으로 나온 디저트를 먹으며 행복한 기운을 받으려고 이 영화를 선택했는데, 먹먹한 기분으로 엔딩 크레딧을 보았던 기억이 난다. 그리고는 옆 통로 자리에서 액션 영화를 보고 있는 이름 모를 동승객의 뒤통수를 한참 멍하니 쳐다봤다.

영화 〈행복을 찾아서〉는 주인공이자 실존 인물인 크리스 가드너의 삶을 다룬 영화다. 한물간 의료기기를 팔기 위해 발에 불이 나도록 움직이지만 번번이 영업에 실패한다. 그저 잘 살고 싶을 뿐인데 가드너의 인생은 무엇 하나 마음대로 되지 않는다. 아내까지 집을 떠나고 집세를 내지 못해 길거리로 나앉게 되지만 하나뿐인 아들 크리스토퍼를 위해 그는 살아남아야만 한다. 그런 그에게 인생 마지막 기회가 찾아온다. 반드시 행복해져야 하는 그는 간절한 마음으로 일생일대의 도전을 시작한다.

행복이란 뭘까. 이런 류의 질문은 심오하고 범위가 대책 없이 넓어서 훌륭한 질문이 아니라고 어디선가 들었던 기억이 나지만 영화를 보고 나니 질문하지 않을 수가 없었다. 한 사람의 구구절절한 삶을 통해 행복이라는 주제를 이야기한 영상을 보니 나는 행복을 위해 무엇을 하며 행복을 어떻게 정의하고 있는지 궁금해졌다.

생각해 보면 나는 행복해지고 싶어서 번역가라는 직업을 택했다. 이전에 다니던 직장도 내게 행복감을 주는 감사하고 소중한 곳이었지만 시간이 흐를수록 알 수 없는 갈증과 끓어오르는 모험심을 더 이상 모른 척할 수 없었다. 그런데 번역가가 된 이후로 더 많은 불안 속에서 사는 기분이었다. 비정기적인 작업, 낮과 밤이 바뀌는 삶, 더 이상 존재하지 않는 4대 보험의 울타리, 퇴근 없는 일상까지. 뭐 하나 좋을 것 없는 직업이다. 그래도 조금씩 버티고 부딪치다 보니 연차가 쌓이면서 전문 분야와 주요 협력 업체가 생기기 시작했다. 잘할 줄 아는 일을 그만두고 새로운 직업에 차차 적응해 나가는 나를 보며 사람들은 그 일은 어떤지, 할 만한지, 재미있는지, 무엇보다 이전의 일보다 만족하는지 궁금해했다.

2년 만에

그때마다 '그렇다'고 대답을 시원하게 하지 못해 나 자신에게 놀라곤 했다. 하고 싶은 일을 하며 행복하게 살겠다고 다짐하고, 실제로 그렇게 살고 있으면서도 왜 대답을 못 할까. 어떤 부분에서 망설였던 걸까. 나는 행복하지 않은 걸까? 이런 질문들을 들을 때마다 영화의 필름이 촤르륵 스쳐 지나가는 것처럼 수많은 감정과 기억들이 떠올라 그랬을 것이다. 책상 앞에 앉은 나의 모습은 차분하고 우아해 보일지 모르지만 실은 고독하고 외롭다. 머릿속은 각종 단어와 표현들을 조립해 보느라 늘 시끄럽다.

　　어떤 때 보람을 느끼느냐는 질문도 많이 받았다. 그때마다 나의 답변은 언제나 같다. 오랜 고민의 시간을 거쳐 번역한 결과물이 대중에 공개되거나, 내 번역이 누군가에게 도움이 되었다는 소식을 들으면 보람을 느낀다. 다음 작업을 이어갈 수 있는 힘이 생긴다. 아무렇지 않은 척하려다가도 기분이 좋아서 나도 모르게 입꼬리가 올라가고, 상대가 묻지도 않은 비하인드 스토리를 꺼내고 싶어진다. 고생했던 마음이 녹는 기분이 든다. 그래, 그렇지. 바로 이런 감정이 행복이 아닐까. 나는 번역

할 때 행복하다.

　우리는 행복하냐는 질문 혹은 행복이 무엇이냐는 질문을 받으면 대답을 하기 전에 온 힘을 다하여 행복하지 않은 이유를 떠올리는 것 같다. 매일 파티를 하듯 세상만사 걱정 없이 사는 삶을 꿈꾸지만 사실 그런 삶은 없다. 그것이 행복이라면 우리는 행복을 평생 맛보지 못할지도 모른다.

　차이나타운의 거리는 좁고 가팔랐다. 미드에서 자주 봤던 다층 건물들과 한자들의 조합이 이상하게 느껴지기도 했지만 신나게 주변을 살폈다. 내리쬐는 햇볕 아래 영화의 흔적을 찾아 비탈길을 걷다 보니 목이 말라 생수를 사다 벌컥벌컥 마셨다. 각종 과일을 내놓고선 손님이 관심 있게 보는지 마는지 신경 쓰지 않는 무심한 장사꾼, 학교 수업을 마치고 영어와 중국어로 재잘재잘 이야기하는 아이들, 더운 날씨에도 원형 테이블에 앉아 완탕면을 즐기는 사람들이 눈에 띄었다. 골목으로 조금 더 들어가니 금색으로 쓴 '포춘 쿠키 공장'이라는 이름의 허름한 가게가 보였다. 어서 와서 행복을 가져가라고 말하는 것만 같아서 홀린 듯 다가가 시식용 바구니에 담긴 쿠키 하나를 냉큼 집었다. 내가 고른 쿠키에서는 앞으로 즐거운 일들이 비처럼 쏟아질 거라는 메시지가 나왔다.

포춘 쿠키에 좋은 메시지가 담겨 있다는 사실을 모르는 사람은 없다. 게다가 듣기만 해도 행복을 주는 바삭한 소리와 고소한 맛, 행운을 빌어 주는 낯선 이의 한마디는 언제나 기분이 좋다. 미국에 도착해 〈행복을 찾아서〉의 촬영지를 유유히 걸어다니는 나의 행복한 하루가 포춘 쿠키 속 행운의 메시지로 더욱 행복해졌다. 친구에게도 선물하고 싶은 마음에 쿠키 여러 개가 든 박스 하나를 구입한 뒤 거리로 나섰다.

점심 시간이 지난 샌프란시스코 차이나타운의 오후.
이국적인 풍경은 호기심을 자극하고 가슴을 두근거리게 한다.

지도 없이 걸어 보기

별다른 마감이 없는 평일에 혼자 샌프란시스코 다운타운을 돌아보기로 했다. 이날은 친구 부부의 동행 없이 처음 외출을 나선 날이었다. 도심까지 가는 전차를 타고 나가 한국 지인에게 미리 추천받은 카페에 가서 디저트와 커피를 즐긴 뒤, 가 보고 싶었던 서점과 공원에서 시간을 보내기로 했다. 전날 미리 가는 방법과 위치를 검색하고 휴대폰이 잘 터지지 않을 때를 대비해 메모장에 검색한 내용을 미리 옮겨 두기까지 했다. 말이 안통하는 것도 아니고 미국처럼 이정표와 거리가 깔끔하게 정돈되어 있는 곳에서는 길을 잃는다는 게 오히려 어려운 일이지만 시간을 낭비하지 않고 계획대로 잘 다녀오고 싶다는 마음이 강했다.

그렇게 혼자 샌프란시스코 도심 탐험을 즐기던 중 두 블록만 더 걸어가면 정면에 공원이 나타난다는 사실을 3분 전에 확인해 놓고도 한 블록을 지나자마자 반사적으로 휴대폰 화면을 켜 들었다. 앱을 믿지 못해서였을까, 나를 믿지 못해서였을까. 다시 지도 앱을 확인하려는 나 자신을 발견한 순간, 일본에서 만났던 이토 할머니가 떠올랐다.

2019년 봄, 도쿄 여행 중에 도심에서 전철로 한 시간 거리에 있는 에노시마에 간 적이 있다. 화려한 도심과 달리 해안가에서만 느낄 수 있는 여유와 소박한 감성이 물씬 느껴지는 곳이었다. 기가 막힌 바다 풍경을 반찬 삼아 시라스동(잔 멸치 덮밥) 한 그릇을 뚝딱 해치운 뒤, 조금만 더 지체하면 퇴근 시간대 전철을 타게 될 것 같아 걸음을 서둘렀다. 그러던 중 막다른 길을 만났는데 내 옆을 지나가던 할머니께서 이 뒤쪽으로도 길이 이어져 있는지 아냐고 물으셨다. 관광객이라 잘 모르겠다고 대답했더니 지나가던 할아버지께서 우리 얘기를 듣곤 길이 없다고 알려 주셔서 할머니도, 나도 돌아가는 길을 택했다. 타박타박. 할머니와 나는 모르는 사람과 약간의 거리를 둔 채 같은 목적지를 향해 나란히 걷는, 조금 어색한 사이가 되고 말았다. 말을 걸어 볼까 말까 고민하다 용기를 내어 입을 뗐다. "혼자 오셨어요?"

나이 칠십이 넘으셨다던 할머니는 무척 씩씩한 분이었다. 표정과 목소리에서 젊은이 못지 않은 건강한 기운이 충분히 느껴졌다. 게다가 나는 가파른 경사와 수많은 계단이 버거워 에스컬레이터를 타고 산을 올라왔는데, 할머니는 정상까지 걸어 올라왔다고 했다. 할머니의 체력에 놀란 내가 진심으로 대단하다고 했더니 할머니는 에스컬레이터 티켓을 할인해 주는 걸 알았다면 나도 당연히 탔을 거라며 젊은이의 빠른 정보력이 더 대단하다고 답했다. 무엇보다도 기억력이 대단하셨다. 이정표를 따라 걷다가 갈림길을 마주했는데, 어느 쪽으로 가야하는지 휴대폰으로 확인하려고 하는 순간 할머니가 말했다.

"내가 아까 이렇게 왼쪽으로 골목을 돌았던 기억이 나요. 도로 표지판 방향도 그렇고 무엇보다 저쪽에서 청

년들이 걸어오네요. 그러니까 이 길이 분명히 맞을 거예요. 혹시 틀렸다고 해도 지금 역에서 충분히 가까운 곳에 있는 것 같으니 걱정 말고요. 전차 소리가 들리죠? 어쨌든 반대편으로 건너가야 하니까 길 건너에 있는 저 표지판을 먼저 확인해 봅시다.”

요즘의 여행은 쉽다. 미리 준비한 유심 카드를 기계에 끼워 넣은 뒤 설치해 둔 앱을 켜기만 하면 지금 내가 어디에 있는지 빨간 점으로 표시해 주고 목적지까지는 몇 미터가 남았는지 알려 준다. 가고 싶은 곳이 현재 영업 중인지 아닌지도 알 수 있다. 무엇이든 내 맘대로 할 수 있으니 자유로운 여행이 언제 어디서든 가능하다. 반대로 생각해 보면, 여행자는 길을 잃을 권리를 갖지 못한다. 지나가다 보이는 새로운 장소에 다가가는 일이 허락되지 않는다. 나보다도 길이 익숙하지 않은 또 다른 여행자와 함께 걸어 주는 일을 해서는 안 된다. 정해진 그 길을 가야 한다. 고개를 숙인 채 뚜벅뚜벅. 요즘의 여행은 수동적이다.

할머니와 함께 걸을 때의 나는 올바른 방향으로 잘

내려가고 있는가를 수시로 확인하기보다 눈앞의 탁 트인 풍경을 감상하며 '지금 이 순간'을 온전히 느꼈었다. 모르는 길도 무작정 걸어 보며 새로운 풍경을 발견하는 재미를 알아가고 싶다고 말했던 나는 사실 틀리는 것을 거부한 여행자였을지 모른다. 일어나지도 않을 일을 걱정하며 미래를 불안해하던 태도가 여행을 하고 있는 순간에도 자연스럽게 배어 나온 건 아닐까? 사실 지금 향하고 있는 목적지가 나타나지 않는다면 잠시 쉬어 가거나 멈춰 서서 다시 차근히 알아볼 수 있는데 말이다.

휴대폰을 다시 주머니 속으로 집어넣었다. 매순간 플랜 B를 가슴 속에 품고 산다면 참으로 든든하겠지만 차후 대책을 세우느라 소중한 지금을 놓치는 일은 하고 싶지 않다. 그 대신 따스한 햇살, 파아란 하늘, 런치 박스를 든 채 발걸음을 재촉하는 직장인의 분주함, 집으로 돌아가는 학생들의 발랄함을 눈과 귀로 느끼기로 했다. 사람 냄새 가득한 샌프란시스코의 풍경은 오로지 지금 그 순간에만 경험할 수 있는 것들이다. 소중하고, 다시는 돌아오지 않을 순간들.

한껏 가벼운 마음으로 한 블록을 더 걸어가자 고대

하던 공원이 나타났다. 손바닥 위 작은 화면에서 수십 번 보았던 것보다 멋지고 아름다웠다. 나는 목적지를 향해 충분히 잘 걸어가고 있었다.

링컨 공원에 있는 큐피드의 화살.
평화로운 풍경을 보면 시끄럽던 마음이 평온해진다.

색깔을 더하기

미국에 와서 맞은 첫 번째 주말에는 친구 부부와 함께 샌프란시스코 항구 근처의 관광지로 외출을 했다. 사람들로 북적이는 거리만큼이나 고속도로 사정이 느긋하지 않았는데도 기꺼이 운전 기사를 자처해 준 친구에게 고마웠다.

절대 지나칠 수 없는 명소인 금문교부터 시작해 앨커트래즈 섬이 보이는 피어 39, 해안가 분위기가 물씬 나는 피셔맨스 워프, 프리미엄 초콜릿의 자존심을 지키고 있는 기라델리 스퀘어까지 유명 관광지 특유의 떠들썩

한 공기를 만끽하다 저녁을 먹고 가자는 제안에 흔쾌히 좋다고 대답했다. 우리가 간 곳은 기라델리 스퀘어에 위치한 중식 레스토랑이었는데 형형색색으로 꾸민 모습이 인상적이었다. 조명의 세기가 강렬하기보다 은은하고 부드러운 쪽에 가까워서 우아하고 고급스러운 분위기가 느껴졌다. 적당한 곳으로 안내를 받은 뒤 맛있어 보이고 나눠 먹기 좋은 음식 몇 가지를 주문했다.

따뜻한 우롱차를 마시며 노곤해진 몸을 달래던 중 우리는 직원이 가져온 접시 몇 개를 보며 눈빛을 반짝이기 시작했다. 식탁에는 동양풍 문양이 새겨진 그릇이 아니라 미술 시간에나 쓸 법한 물감 모양의 소스 접시 다섯 개와 팔레트처럼 생긴 새하얀 개인 접시 세 개가 놓였다. 직원은 가장 넓은 부분에 앞으로 나올 음식을 덜어 먹고, 나머지 부분에 곁들여 먹고 싶은 소스 네 가지를 담으면 된다고 설명해 주곤 제자리로 돌아갔다. 그리고 우리는 즐거운 혼란에 빠졌다. 밥을 먹으러 왔다가 얼떨결에 팔레트를 채우라는 미션을 받았으니 말이다.

당황스러울지라도 곧 이어 나올 각종 음식을 더 맛있게 먹고 싶다면 팔레트를 완성해 두라는 미션을 수행해야 한다. 그런데 주어진 소스는 다섯 개인데 채울 수 있는 공간은 얄궂게도 네 곳뿐이었다. 우리는 진심을 다해 각자의 팔레트에 무엇을 담을지 고민했다. 네 개만 담는다고 해도 나머지 하나를 아예 못 먹게 되는 것도 아닌데, 신중히 고르고 적당한 양을 덜면서 소스가 주변에 묻지 않도록 최선을 다했다.

재밌는 것은 선택지가 많지 않았는데도 각자의 접시를 보니 모양이 달랐다는 점이다. 비슷하게 보여도 옮겨 담은 순서가 제각각이니 은근히 느낌이 다르고, 나눠 담은 양도 사소하지만 차이가 나서 무게감이 다르게 느껴졌다. 누군가는 엄한 곳에 초록빛 와사비 소스를 흘렸고 누군가는 다홍빛을 띤 매운맛 소스 한 방울을 검정색 간장에 떨어뜨렸다. 방금까지 똘똘 뭉쳐 샌프란시스코 다운타운을 여행했던 배고픈 여행자들이 각자의 개성을 뽐내는 아티스트로 변신한 것만 같았다. 평범한 식사를 색다른 경험으로 만들어 준 식당의 아이디어에 감탄하며 우리는 서로의 것을 쳐다보다 웃고 말았다.

보기만 해도 기분을 좋게 해 주는 색색의 소스를 앞에 두니 며칠 전 작업했던 미국 브랜드의 패션 화보가 떠올랐다. 화보에는 SS 시즌을 대비해 마음을 설레게 하는 컬러들이 가득했기 때문이다.

패션 업계 자료를 5년간 번역하다 보니 자연스럽게 내 번역 전문 분야는 '패션'이 되었다. 각종 컬렉션 자료, 룩북, 상품 설명, 칼럼, 트렌드 리포트를 번역하다 보면 원재료부터 텍스타일 용어, 소재와 장식 이름, 각종 디테일과 염색 기법까지 다양한 의상 제작 방식을 알게 된다. 자주 옷을 사는 인터넷 쇼핑몰에서 어떤 소재가 들어갔는지 표기해 둔 것을 보면 '아, 이 옷은 텐셀(통기성과 흡습성이 뛰어난 섬유)이 함유됐으니 살짝 찬기가 느껴지는 건 감안해야겠구나'라고 생각을 할 정도니 말이다. 더불어 이런 자료들을 오랜 기간 번역하다 보면 패션의 매우 중요한 요소가 바로 '색깔'이라는 것을 알게 된다.

내 손을 거쳐 번역된 여러 디자이너 인터뷰에 따르면 옷의 색을 결정하는 데는 단 한 가지, 바로 '기분을 좋게 해 주는가'가 기준이 된다. 그래서 흔히 컬러를 '필굿 팩터feel good factor'라고 부르기도 한다. 개성을 나타내고 차별화하는 것도 중요하지만 그보다 우선하는 것이 입는 사람에게 즐겁고 행복한 느낌을 주는가이다. 그래서 컬러는 낙관주의를 더해 주는 유일무이한 핵심 요소로 활용된다. 평범한 하루를 색깔로 물들여 조금 더 기분 좋은 하루를 보내길 바라는 마음. 참 세심하고, 또 고마운 마음이 우리가 입는 옷 속에 숨어 있다.

이런 색깔의 중요성은 먹을 것에서도 십분 발휘된다. 보기도 좋은 음식이 먹기도 좋다는 말은 깔끔하고 예쁘게 정돈된 음식이 먹기 좋다는 말이기도 하지만 색깔이 곱고 선명한 음식이 더 맛있다는 말이기도 하다. 그리고 우리에게 팔레트를 제공한 레스토랑이 이 사실을 증명했다. 오전부터 시작된 일정으로 피곤했지만 성심껏 준비한 나만의 팔레트를 보니 모든 것이 신나고 즐거워졌다. 패션 디자이너들이 색깔의 중요성을 설파했던 이유가 이 때문이었겠구나라고 새삼 깨달았다.

색깔이 우리가 입고 먹는 것에서 매우 중요한 위치를 차지하는 것이라면, 분명 일상에서도 강력한 힘을 발휘하지 않을까 싶다. 우리의 저녁식사를 유쾌하게 만들어 준 것처럼 말이다. 이렇듯 색감을 더한 하루는 우리의 일상에 약간의 긍정의 미학을 불어넣어 줄지도 모른다. 직접적으로 어떠한 메시지를 전해 주는 건 아닐지 몰라도 오늘도 기분 좋은 하루를 보낼 수 있도록 도와줄 것이다. 벽에 알록달록한 엽서를 붙이거나 하얀 책상에 빨간색 연필꽂이를 올려 두는 것만으로도 기분이 좋아지는 것처럼. 여름에는 싱그러운 나무들이 초록빛을 내며 편안함을 주고, 가을에는 주황색과 노랑색으로 무르익은 열매가 그동안의 수고에 위로를 준다. 조금 더 힘차게 살아내 보자고, 그렇게 다채로운 색깔들은 정적인 무채색빛 하루에 힘을 더해 주는 것만 같다.

고슬고슬한 중국식 볶음밥에 다홍빛 칠리 소스를 얹은 뒤 한 숟갈 가득 입에 넣으니 세상을 다 가진 기분이 들었다. 즐거이 밥알을 씹으며 나의 여행에도 색깔을 더해 보자고 다짐했다. 어떻게 하냐고? 때론 새로운 음식과 장소에 기꺼이 도전하고, 때론 있는 힘껏 쉬고, 기쁘면 기쁜 대로 슬프면 슬픈 대로 마음을 따라가고, 맑은 날에는 맑은 기운을, 비 오는 날엔 비 오는 날의 분위기를 만끽하며 그날을 보내는 거다.

식사를 하면서 조용히 주문을 외웠다. 나는 여행을 잘 마치고 돌아갈 것이고, 때론 여행 자체가 지치고 피곤하더라도 이 모든 시간은 좋은 추억이 될 것이며, 한국에 돌아가서도 추억을 떠올리며 주어진 일들을 잘 마무리할 수 있을 거라고.

이른 저녁을 먹으려고 우연히 방문한 중식 레스토랑에서.
"Add some colour." 패션 번역을 할 때 흔히 만나는 문구다.
내 삶엔 어떤 색을 더해 볼까?

단어를 생각하는 재미

꼭 가 보고 싶었던 샌프란시스코 현대 미술관에서 사진과 예술의 실패를 주제로 한 전시가 열린다기에 큰 기대를 안고 찾아갔다. 실패의 순간들을 모아 무슨 이야기를 하고 싶은지도 궁금했고, 망친 사진과 그림들을 잔뜩 늘어놓아 두기만 해도 그것들을 구경하는 재미가 쏠쏠할 것 같았다. 분주하고 정신없는 백스테이지의 풍경은 누구에게나 호기심을 불러일으키는 요소이기 때문이다.

전시는 무척 흥미로웠다. 초점, 노이즈, 정확도 같은 좋은 사진의 필수 요소에 대해 배우고 이런 요소들을 비켜 간 실패작이나 우스꽝스러운 사진들을 볼 수 있었다.

사진가들이 찍어서 그런지 실패작조차도 작품처럼 보이는 게 오히려 아쉬웠다. 그런데 이것들보다 나의 눈길을 강하게 사로잡은 것이 있었는데, 바로 곳곳에 적절하게 배치된 영어 문구들이었다. 빨간 배경과 파란 글씨로 보색 대비를 준 문구들 앞에만 서면 눈에 띄게 발걸음이 느려지는 걸 보고 나도 참 나구나, 라고 생각했다.

번역을 하다 보니 텍스트를 보면 쉽게 지나치지 못하는 직업병이 생겼다. 특히 여행 중 마음에 울림을 주는 문구를 발견하면 꼭 사진을 찍거나 어딘가에 적어 둔다. 한국어로 번역된 표현이 있는지 검색해 보고 그 앞에 가만히 서서 곱씹고 생각도 해 본다. 그 문구가 말하는 내용을 내 삶에 어떻게 적용할 수 있을지 말이다. 혹은 어쩜 이렇게 재치 있는 글을 쓸까 감탄을 한다. 그래서 회화 전시를 보는 것도 좋아하지만 글을 주제로 한 전시를 보는 것도 매우 좋아한다. 그날 전시는 사진과 글의 조화가 적절해서 참 좋았다. 원래는 사진들을 보러 갔었는데 글까지 감상할 수 있게 되다니 보너스를 받은 기분이었다. 천천히 둘러보는데 한쪽 벽면에 헝가리 출신 화가 라슬로 모호이너지Laszló Moholy Nagy의 글이 적혀 있었다.

The enemy of photography is the convention, the fixed rules of "how to do".
The salvation of photography comes from the experiment.

사진술이 가장 두려워해야 하는 것은 관습, 즉 고정된 "방법"이다.
사진을 구원할 수 있는 것은 실험이다.

단순히 사고의 틀을 전환하라는 익숙한 조언처럼 보이기도 하지만 내게는 정확히 '누가 그것을 정하는가'라는 말로 읽혔다. 살다 보면 보편적으로 이루는 성취들이 있다. 초등학교, 중학교, 고등학교를 졸업하고 대학 및 유학 시절을 보낸 뒤 입사와 퇴사를 거친다고 할 때, 큰 이변이 없다면 대개 비슷한 나이에 비슷한 성취를 이룬다. 그러나 이것이 말 그대로 '보편적'인 것이지 '절대적'인 것이 아닌데, 나도 모르게 이것들을 절대적인 것으로 여기며 살아 왔다. 그래서 나와 비슷한 시기를 보내고 있는 사람들이 해낸 것들을 보며 나는 근사치에 가지 못했다는 생각에 좌절하고 절망하고 실패감에 허덕였던 게 아닐까.

옆쪽으로 걸어가니 또 다른 문구가 장식되어 있었다. 그 문구를 통해 영어 문학의 거장 제임스 조이스는 내게 이렇게 말했다.

Errors... are the portraits of discovery.
실수란, 발견으로 향하는 문과 같다.

　우리는 실수를 통해 새로운 시각과 깨달음을 얻는다. 미처 보지 못했던 것을 볼 수 있게 된다. 그렇다면 실수 자체는 그리 나쁜 것이 아니다. 경로를 이탈했기 때문에 배울 수 있는 것들이 있으니까. 더불어 이 전시의 주인공은 모두 실수한 사진들이다. 의도하지는 않았겠지만 실수했기에 주인공이 되는 자격을 얻었을 것이다. 제임스 조이스도 이런 마음을 전달하고 싶었던 게 아니었을까. 실패감이 들 수는 있지만 그 속에 젖어들지 말고 새로운 자기 자신을 발견하는 길로 나아가라는 말에 용기를 얻은 뒤 나는 발걸음을 옮겼고, 그 길을 따라 전시회장을 나섰다.

　어느새 어둠이 내려앉은 현대미술관 주변은 꺼지지 않은 사무실 불빛으로 화려하고 밝게 빛나고 있었다. 전시회에서 즐거운 기분을 느낀 나에게 보내는 박수처럼 느껴졌다.

Errors . . . are the portals of

샌프란시스코 현대 미술관에서.

실수란, 발견으로 향하는 문과 같다. – 제임스 조이스

:covery. —James Joyce

담백함의 미학

 여행의 중반에 접어들었을 때, 국내선 비행기를 타고 로스앤젤레스를 방문하기로 했다. 미국에 머무는 한 달 내내 북부에서만 시간을 보내는 것이 아쉽기도 하고 유학 생활을 했던 남부 지역이 그리워 가 보고 싶은 마음이 컸다. 또 내가 미국을 방문한 시기에 마침 사촌도 로스앤젤레스에 있을 거라는 이야기를 들어서 얼굴도 볼 겸 그리운 남부 캘리포니아의 분위기도 느낄 겸 비행기를 타고 아래쪽으로 향했다.

 고국을 떠나 가장 많은 시간을 보냈던 곳이어서 그런지 공항에 도착하자마자 흔들리는 야자수의 모습과 건

조한 공기가 반가웠고 또 익숙했다. 숙소에 들러 짐을 내린 뒤 영화 〈라라랜드〉로 유명해진 산타모니카 비치와 근처 관광지를 거닐고 브런치를 즐기며 시간을 보내고 나니 사촌과의 약속 시간이 다가왔다.

늦은 오후까지 우리는 각자의 일정을 마친 뒤 차를 타고 저녁을 함께하기 위해 유명한 쇼핑몰로 향했다. 그런데 알고 보니 식사 장소는 쇼핑몰 중심에 있는 인기 레스토랑이 아닌 현지인들이 아니면 잘 모를 법한 소박한 분위기의 식당이었다. 사촌이 평점이 좋은 파스타 가게에 가서 밥을 사 준다길래 어떤 곳일까 무척 궁금했었는데 상상했던 이탈리아 레스토랑과는 사뭇 다른 분위기였다. 세련된 프랜차이즈 패밀리 레스토랑은 확실히 아니었고, 그보다 훨씬 캐주얼한 '동네 맛집'에 가까웠다. 보통은 자리를 안내해 주는 서버가 나와 인원 수를 묻고 테이블을 지정해 주는데 맞아 주는 사람이 없어 어색하게 서 있었다. 살짝 넋을 놓고 있다가 자기만 따라오라며 자연스럽게 오픈 키친 쪽으로 향하는 사촌을 보고 후다닥 누런 아이보리색 플레이트를 집었다. 한국에 있는 한식 뷔페집에 온 기분이었다.

그래도 눈앞에 펼쳐진 음식들은 제법 먹음직스러워 보였다. 플레이트를 들고 한 걸음씩 옆으로 걸어가니 꼬들꼬들하게 삶아진 스파게티, 김이 모락모락 나는 미트 소스, 한국에서는 본 적 없는 커다란 크기의 닭다리 구이, 체다 치즈를 얹어 살짝 구워 낸 듯한 빵, 통통하게 채워진 소시지가 줄을 지어 서 있었다. 살짝 위로 고개를 들어 메뉴를 보니 이 외에도 따로 라비올리나 라자냐, 크리올, 토르텔리니 등을 주문할 수 있는 것 같았다. 그 사이 한 발 앞서가며 스파게티 위에 미트 소스를 넘칠 듯 붓는 사촌을 따라 나도 면이 촉촉해지도록 소스를 듬뿍 부었다. 소스를 반 국자 더 넣었다고 뭐라 하는 사람은 없었다.

　　선불을 하는 곳이라 계산을 마치고 적당한 곳에 자리를 잡고 앉았다. 그제서야 왜인지 웃음이 났다. 갑자기 나에게 무슨 일이 일어난 거람. 어리둥절하게 가게 안으로 들어와서 앞사람 따라 어영부영 두 접시를 담아 온 모양새가 웃겼다. 너무 대충 가져왔나 싶다가 한 그릇에 담긴 스파게티와 닭다리의 양을 보고 고개를 저었다. 배가 꽤 고팠기에 적당히 사진 한 장 남긴 뒤 큰 기대 없이 파마산 치즈 가루를 솔솔 뿌리고 포크로 면을 돌돌 말아 한 입에 쏙 넣었다. 어라, 이거 맛있네?

　내가 입속으로 넣은 것은 군더더기를 뺀, 말 그대로 필요한 것만 담은 담백함의 정수였다. 예쁜 그릇, 화려한 플레이팅, 노련한 서빙은 없었지만 맛부터 가게의 분위기까지 모든 것이 기본에 충실한 느낌이었다. 기본에 충실하다는 것은 쓸데없는 허세를 부리지 않고 중요한 것을 단단하게 지키며 어느 한쪽으로 치우치지 않는다는 뜻이다. 그렇기에 편안하고, 깔끔하고, 멋스럽다.

　우리는 의외로 이런 심플한 것에서 멋을 느낄 때가 많다. 검정색 스웨터에 검정색 슬랙스를 매치한 올블랙 스타일링의 멋스러움은 모두가 인정할 것이다. 멸치 육수로 맛있게 끓여 낸 잔치국수에는 반찬으로 익은 김치 하나만 있으면 된다. 그저 그것만으로 충분해서 별다른 것이 생각나지 않는다. 나는 평소 생각이 많고 무의식적으로 종종 나 자신의 감정을 되돌아보기 때문에 도리어 이런 소박한 풍경에서 깨달음을 얻을 때가 많다. 꼬리에 꼬리를 물고 생각하는 습관이 있어서 무엇이든지 단순한 것들을 보면 그간 복잡하게 굴었던 것이 다 소용없어지고, 진짜로 무엇이 중요한지 나 자신에게 묻게 된다.

무엇을 더 덧붙일까를 고민하기보다 무엇이 필요 없는지를 생각하고, 무엇을 잘 지켜 나가야 할지에 집중해야 한다는 걸 알아도 마음이 따라가지 못할 때가 있다. 그런데 이 소박하지만 맛있는 한 끼를 먹고 나니 때론 나의 일상에 다운그레이드가 필요하다는 생각이 들었다. 더 정교하게 발전시키는 것도 좋지만 이대로 충분하다는 마음을 갖는 것. 낯선 곳에서의 소중한 한 끼를 이렇게 해결해 버린 것이 아쉬울 법도 하건만 도리어 만족하고 즐거워하는 내 모습을 보면서 새삼 다시 깨달았다.

생각해 보면 번역도 그렇다. 모든 작업을 마치고 최종본을 전달하기 전에 번역문을 검토하다 보면 결국 처음에 썼던 번역문대로 고쳐 보낼 때가 있다. 초고를 고치는 과정에서 조금 더 낫고 아름다운 표현을 고민하다 보니 나도 모르는 사이에 과장되고 거품이 끼기 때문이다. 미사여구라는 여러 액세서리를 하나씩 입혀 유려하게 만드는 대신 단순하게 만드는 것이 훨씬 깔끔하고 멋스럽겠다는 결정을 내리기도 한다. 'Buy less, but better(적게 구매하는 대신 질 좋은 상품을 사는 것).'라는 패션 트렌드처럼 번역도 덜어내는 게 더 좋을 때가 많다.

나중에 검색해 보니 이날 내가 들렀던 이탈리아 레스토랑은 1960년대부터 자리를 지켜 온 노포로, 곧 60주년을 앞둔 곳이었다. 웹사이트에 나온 현지인 평점은 5점 만점에 가까운 수준. 오랜 세월 동안 이곳을 사랑한 사람들은 이들의 소박하고 담백한 맛을 나보다 먼저 알고 있었으며 앞으로도 쭉 누릴 수 있다는 생각을 하니 부러웠다.

현지인 평점 4.6을 기록한 동네 이탈리아 식당에서.
소박한 한 끼가 주는 포만감을 좋아한다.

☆

나는야, 쿠튀르

10년 만에 다시 방문한 LA 비벌리 힐스는 재밌고 독특한 플래그십 스토어가 모여 있는 곳이었다. 지금보다 더 어렸을 때는 그저 범접하기 힘든 비싼 부촌 동네라고 생각했었다. 그런데 다시 보니 평범하게 시내 버스도 잘 다니고, 스웨트 세트에 운동화 차림으로 다니는 사람도 많고, 하이 패션 브랜드만큼이나 중고 빈티지 가게도 자주 눈에 띄고, 각 브랜드의 개성이 드러나는 디스플레이와 디자인, 건축 양식들이 더욱 눈길을 사로잡는 장소였다. 번역 때문에 패션 자료들을 많이 살피다 보니 친근하게 느껴지기도 했다. 바쁘게 이곳저곳을 구경하면서

재치 있는 슬로건들도 볼 수 있었는데, 그중에서 내 마음을 사로잡았던 건 'I am couture(나는야, 쿠튀르).'였다.

패션계의 큰 행사라고 하면 계절을 반으로 나눠 진행하는 SS와 FW시즌 컬렉션을 예로 들 수 있다. 그러나 모든 브랜드가 이 두 가지만 진행하는 것은 아니다. SS와 FW에 더해 Pre-SS 및 Pre-FW를 진행하고 이 모든 것을 남성복과 여성복으로 나누어 준비한다. 휴가철을 겨냥한 리조트 컬렉션을 선보이는 브랜드도 있는가 하면 아무나 할 수 없다는 오트 쿠튀르 컬렉션을 준비하는 브랜드도 있다.

프랑스어 오트 쿠튀르는 '고급의'라는 뜻의 '오트haute'와 '맞춤복'을 뜻하는 '쿠튀르couture'를 합친 말이다. 럭셔리 패션을 뜻하는 '하이 패션'과 같은 맥락으로 쓰이며 요즘은 꼭 옷이 아니어도 우아하고 고급스러운 느낌을 내는 제품의 상품명에도 자주 차용되는 추세다. 오트 쿠튀르 컬렉션에서는 디자이너들이 고급 여성복을 제작해 선보이는데, 이 옷들은 클래식하고 빈티지한 분위기가 한층 강하다. 아무나 옷을 구입할 수 없는 만큼 유명 인사들의 레드 카펫 행사를 위한 드레스가 많이 공개된다. 다만 맞춤복 특성상 단 한 벌만 제작하기 때문에 희소성이 높으며 실용성을 따지기보다는 예술성과 독특함에 초점을 맞추고 있어서 대중에게는 난해하게 느껴지는 것이 사실이다.

　나도 패션 번역을 하기 전까지는 이런 개념을 이해하고 알게 될 줄 생각도 하지 못했다. 비싼 브랜드 몇 군데 빼고는 들어 본 적도 없었던 데다 내게 패션쇼란 요상하고 복잡한 옷을 수십 벌 만들어 화려한 런웨이 조명 아래에 들이미는 것, 패션 디자이너란 패션쇼 마지막에 등장해 박수와 함께 혁신이란 찬사를 가져가는 사람이란 이미지가 강했으니까. 패셔너블하다고 하면 평범과는 거리가 먼 화려한 스타일을 추구하는 사람을 떠올리게 된다. 이렇듯 패션은 우리에게 다가가기 어려운 분위기를 풍긴다.

　패션 다큐멘터리 영상 번역을 하면서 배운 것이 있다면 이들이 생각 없이 이런 일을 벌이는 건 아니라는 것이었다. 어떤 컬렉션이든지 분명한 출발점과 철학이 있다. 건축, 미술, 영화, 문학, 사회 현상, 정치 등 다양한 곳에서 아이디어를 얻고 소재, 색상, 실루엣 같은 여러 요소로 이런 아이디어를 구체화한다. 컬렉션에 가장 적절하고 완벽한 것을 고르는 일은 패션쇼 시작 한 시간 전까지도 이어진다. 바꾸고, 바뀌고, 뒤엎고, 뒤엎히고. 디자이너는 자신에게 주어진 패션쇼 시간인 약 5분에서 20분을 위해 모든 에너지를 끌어모아 무대 위에서 쏟아낸다.

이런 디자이너들의 일상은 글을 쓰는 번역가의 일상과 닮아 있다. 빨리 끝내고 싶으면서도 시간이 더 있었으면 좋겠다는 양가감정에 몸부림치고, 마지막 순간까지 고민하면서 여기에 조사 '은'을 쓸까 '는'을 쓸까 지우고 고쳐 본다. 그러다 전부 갈아엎고 처음부터 다시 시작하기도 한다. 모든 에너지를 쏟아 완성한 번역문이 대중에게 공개된 것을 보면 연극을 마친 배우처럼 뿌듯하면서도 어딘가 공허하고 허탈한 기분을 느낀다.

한때 나는 스스로 무슨 번역가라고 소개해야 할지 고민이 많았다. 출판 번역가, 영상 번역가, 게임 번역가, 웹툰 번역가. 이렇게 소개한다면 명확하게 어떤 분야의 무엇을 번역하는지가 한 마디로 드러나는데 내가 몇 년째 하고 있는 이 패션 번역만큼은 '패션 번역가'라는 말로 도무지 설명이 되지 않았다. 그래서 늘 패션과 '관련된'

번역을 한다고 말하고 다녔다. 그리고 바로 뒤이어 패션 상품의 상세 정보를 담은 설명문을, 가끔은 에디터들이 쓴 패션 칼럼을, 브랜드에서 발간한 시즌별 룩북을 번역한다고 설명했다. 반드시 이 세 문장을 덧붙여야만 상대방이 어느 정도 납득을 했다.

　나름의 전문 분야에서 자리를 잡았다고 생각했고 또 주변에서 그렇게 말해 주기도 했지만 때론 나는 이대로 괜찮은 걸까 싶었다. 정체성이 제대로 확립되지 못한 기분이 들어 더욱 고민이 깊어졌다. 대개 책과 영화를 번역하는 번역가의 모습이 매체를 통해 사람들에게 소개된 적이 많아서 이렇게 보충 설명을 해 주더라도 이해하지 못하고 무엇을 번역하냐, 그래서 책이나 영화는 번역하지 않는다는 거냐는 질문이 이어지곤 한다. 그래서 오랫동안 나의 정체성과 일에 대하여 진지하게 탐구하기도 했다. 내가 하는 것은 번역이 맞는지, 나는 어떤 번역가인지 고민이 시작됐다. 조금 더 창조적인 소설 번역이나 웹툰 번역 등의 세계로 나아가야 하는 걸까? 그렇다면 번역가로도 인정을 받고 이름도 더 알릴 수 있고 작업 물량도 많아 수입 걱정 같은 건 하지 않아도 될까? 그런 것이 '번역가로 사는 삶'다운 걸까?

그러나 지금은 조금 보충 설명이 필요하더라도 나의 번역 분야가 독특한 위치에 있다는 사실을 있는 그대로 인정하기로 했다. 그래서 때때로 패션 번역가라고만 소개하고 상대의 말을 기다려 보기도 한다. 아무나 할 수 없고 또 될 수 없는 브랜드 디자이너들의 상품을 소개하며 안내하는 일은 '쿠튀르'인 패션 번역가만이 할 수 있는 일일 것이다. 더불어 한 명의 작가에게 고유의 문체가 있듯이 번역가의 번역문에도 고유의 문체가 살아 있다. 그렇다면 나의 패션 번역은 오로지 나만 할 수 있는 고유한 번역일 것이다. 다른 패션 번역가와는 분명히 구별될 테니 말이다.

버스를 타고 돌아가기 전, 새하얀 벽면에 필기체로 쓰인 슬로건을 향해 휴대폰의 카메라를 들이댔다. 패션의 거리답게 패션 용어를 활용해 브랜드도 홍보하고, 멋지게 벽도 꾸미고, 보는 이의 자존감까지 높여 주니 앨범에 오래도록 저장해 두고 싶었다. 찍은 사진을 보니 날이 흐려 슬로건이 주는 울림만큼 멋지게 찍히지는 못한 것 같았다. 돌아가서 다시 찍을까 하다가 이 또한 쿠튀르 정신을 살려 그대로 두기로 했다.

LA 비벌리 힐스에서 만난 문구. I am couture!
우리는 그 누구도 대체할 수 없는 존재다.
이 세상에 단 한 벌만 제작된 최고로 아름다운 쿠튀르 디자인처럼.

uture!

•••

나의 삶을 설명할 필요 없어요

프리랜서의 '프리'는 '프리덤 이즈 낫 프리 Freedom is not free'라는 말에서 따온 것이 아닐지 궁금할 때가 있다. 자유로운 삶을 꿈꾸며 프리랜서로 나섰으나 실제로는 자유롭지 못할 때가 훨씬 많기 때문이다. 일을 직접 구해야 하고, 각종 행정 업무도 알아서 처리해야 하고, 몸값을 높이기 위해 끊임없이 자기 계발을 해야 한다.

오마이갓. 기억은 미화되기 마련이라지만 오히려 직장에 있을 때가 여유로웠던 기분이 든다. 직장 생활이 시속 40km로 안전하게 달리는 것과 비슷하다면, 프리랜서 생활은 매일을 시속 80km로 달리는 것 같다. 전방을 제대로 주시하고 적절히 브레이크를 밟아 주지 않으면 시속 40km로 달릴 때보다 더 큰일이 날 수도 있다.

자유롭게 일할 수 있다는 것은 모든 것에 책임을 진다는 말과도 같다. 그렇기에 일과가 엉망진창으로 흘러가지 않도록 기상 및 업무 시간 등을 자체적으로 정해서 나의 하루를 운영하고, 할 수 있는 업무량의 상한선을 정해서 과로하지 않도록 컨디션을 조절한다. 이렇듯 자유를 누리기 위해 자신을 어딘가에 메어 둘 수밖에 없는 모순적인 삶이 프리랜서의 일상이라고도 할 수 있다.

미국에서의 어느 날 저녁, 친구와 이야기를 하다가 주말 외출을 함께 하기로 약속했다. 친구도 별일이 없었고 나 또한 며칠간 업무 의뢰가 없어서 외식도 하고 영화도 보면서 여유롭게 시간을 보내기로 한 것이다. 기분 좋게 약속을 하고 같이 TV를 보려고 소파에 앉았는데 갑자기 이메일 한 통이 도착했다는 휴대폰 알림이 떴다. 왜인지 불안해서 메일을 보고 싶지 않았지만 늦게 보나 빨리 보나 달라지는 건 없다. 떨리는 마음으로 열어 보니 혹시나가 역시나로 바뀌고 말았다. 이메일에는 번역 작업을 해 줄 수 있냐는 거래처 담당자의 문의 내용이 담겨 있었다.

납기 일자와 시간을 보니 하필 주말에 저녁을 먹기로 한 시간이어서 마음 편히 밥을 먹고 싶다면 피곤하고 졸리더라도 바로 일을 시작해야만 했다. 어째서, 참으로 신기하게, 한동안 연락 없다가 선약을 잡은 날을 콕 집어 의뢰가 오는 걸까(진짜 매번 이런다!). 오랫동안 작업 관련 메일이 오지 않았기 때문에 간만에 주말 저녁 식사 약속을 잡은 거였는데. 미리 언제언제 시간이 안 된다고 말하는 게 떡 줄 사람은 생각도 않는데 혼자 김칫국 마시는 것 같아서 가만히 있었을 뿐인데. 에휴, 별수 있으랴. 울며 겨자 먹기로 책상 앞에 앉아 마우스를 쥐고 있는데 친구가 말했다.

"프리하고 싶어서 프리랜서를 하는 건데, 전혀 프리하지 않네. 일을 하고 싶지 않을 땐 단호히 거절해야 하는 거 아냐? 결국 시도 때도 없이 일하게 되면 안 되잖아."

안 그래도 여유로운 시간을 방해받은 것 같아 살짝 언짢았는데 친구의 허를 찌르는 듯한 질문에 순간적으로 신경이 날카로워졌다. '나 너랑 한 약속 지키려고 지금 일하려는 건데?!'라는 말이 목구멍까지 올라왔다.

번역가로 인정받고 자리잡기 위해 언제든 번역 의뢰가 들어오면 흔쾌히 수락하고 매일 치열하게 일했는데 남들 보기에는 미간을 찌푸리며 오밤중에도 노트북을 켜는 꼴밖에 되지 않은 걸까. 훅 치고 들어온 물음에 순간 울컥했지만 일단 생각을 접고 키보드를 두들겼다(마감이 이렇게 위대하다. 모든 감정을 접게 할 정도다).

프리랜서로 산다는 건 진짜 뭘까. 마음대로 일을 하거나 그만둘 수도 없고 그렇다고 하나의 사업체로서 인정이나 보호를 받는 것도 아니고. 가끔 이 삶은 진짜로 뭘까 싶다. 이렇게 혼란스러운 측면이 있는데도 요즘은 프리랜서로 살고 싶다는 사람들이 차고 넘치는 모양이다. N잡러의 삶을 조명하고, 프리랜서의 삶이 궁금한 사람들을 위해 어떻게 하면 되는지를 알려 주는 여러 책들이 출판되고 있다. 북토크와 수업도 열리고, 심지어 반응은 뜨겁다. 프리랜서의 삶이란 여전히 누군가에게는 호기심을 자극하고 한 번쯤 도전해 보고 싶은 일인가 보다.

그러나 프리랜서로 산다는 것은 모든 일을 제 발품을

팔아 해결해야 한다는 의미다. 처음부터 오롯이 스스로 모든 일을 책임지고 조율해야 한다. 각자의 사정에 따라 조금씩 다르겠지만 '원하는 만큼'만 한다기보다는 '원하는 것을' 한다에 초점을 맞추어야 한다. 자유롭게 작업을 한다고 해도 결국 누군가와 협력하여 결과물을 만든다는 사실을 잊지 말아야 하기에 급하게 들어온 일을 무조건 거절하기보다는 일정이나 작업량을 조절하는 쪽으로 협상을 하는 것이 좋다. 걸핏하면 '나는 이날부터 저날까지 일할 수 없으니 내가 시간 되는 때에 알아서 연락하시오'라는 태도를 취할 수도 없다. 그런데도 '프리랜서는 혼자 자유롭게 일하는 직업'이라고 생각하는 사람들은 "왜 일을 거절하지 못하고 매여 사냐?"라는 질문을 던진다.

친구 부부가 드라마를 보는 동안 식탁 옆 작은 책상에서 부지런히 번역을 했다. 조금만 집중하면 금방 끝날 일이라 힘들지는 않았지만 날카로워진 신경 때문에 마음이 지쳤던 것 같다. 그날은 그다지 개운하지 않은 마음으로 침대에 누웠다. 하고 싶은 일을 지속하려면 때론 저녁이 있는 삶과 여유로운 주말을 포기할 수밖에 없다.

우리의 방식을 모든 사람에게 이해시키려 하지 않아도 된다던 영화 〈머니볼〉의 명대사를 적당히 읊곤 복잡한 생각을 저 멀리 흘려보냈다.

숙소 근처 버스 정류장에서 찍은 하늘.
새하얀 깃털구름을 보면 마음이 편해진다.

여행은 내 삶의
경계선을 지키는 일

프리랜서를 향한, 아니 정확히는 나를 향한 오해에
대해 이야기해 보고자 한다. 나는 주변 사람들 사이에
서 '내가 아는 사람 중 외국어 잘하는 사람'이라는 고
마운 대우를 받곤 했다. 어릴 때부터 언어 학습 속도가
또래보다 빨랐고, 또 언어 공부하는 것을 좋아해서 중
학생 때는 초급 수준의 2개 국어를 할 수 있었다. 덕분
에 친구들의 부러움을 많이 샀다. 자연스럽게 대학 전공
으로 외국어를 선택했고 지금은 학창 시절 생활기록부
에 내 손으로 썼던 장래 희망인 번역가로 살고 있다. 이
런 나의 역사에 대해 조금이라도 알고 있는 여러 지인들

2년 만에

이 나를 대견하게 여기고 멋지다 생각해 주어서 정말 고맙다. 그런데 아주 가끔, 힘들고 불편하다.

'외국 거래처에 이메일을 썼는데 한번 봐 줄 수 있어?(허락도 안 했는데 이메일 내용을 첨부)', '외국 저가 항공 사이트에서 예약을 했는데 환불이 안 된대. 통화 한번 해 줄래?(대답하기도 전에 수화기를 귀에 가져다 댐)', '오늘까지 과제 제출인데 그냥 한번 쓱 훑어봐 줄 수 있어?(과제라면서 그냥 한번 쓱?)'.

번역가라는 이유만으로 '한번 봐 달라'는 말을 많이 듣는다. 참으로 곤란하다. 말 그대로 '봐 주는' 게 아니라 해석하고, 틀린 곳을 알려 주고, 더 나은 표현을 제안해 주고, 혹은 직접 써 줘야 한다. 대학생 때는 영어 교양 수업 기말시험을 온라인으로 보는데 그때 같이 있어 달라는 연락을 받고 놀란 적이 있다. 시험을 대신 봐 달라는 말이랑 뭐가 다른 건지, 본인이 어떤 부탁을 하고 있는지 정말 모르는 건가 싶어 혼란스러웠다. 사회인이 된 후에는 직장 업무 자료를 번역해 달라는 요청도 자주 듣는다. 어떤 내용인지를 물으면 자동차, 법률, 마케팅 등으로 다양한데, 번역가에게도 전문 분야가 있다는 사실을 알지 못한 채 일단 묻거나 자료를 그냥 보내 버린다. 외국인이 한국인에게 법률 자료를 들이밀며 이게 무슨 뜻이냐고 물으면 한국 사람도 법률 사전을 뒤적이며 뜻을 찾아봐야 하는데 영어 번역가라면 분야와 상관없이 모든 영어 텍스트를 쓱 읽기만 해도 이해할 거라고 오해들을 한다. 예전부터 외국어를 잘하는 친구였는데 이젠 그 친구가 번역가가 되다니! 마스터의 경지에 올랐다고 생각하는 것 같다. 부탁하는 사람은 나 한 명만을 떠올리겠지만 나는 이런 부탁을 여러 명에게 받기에 대부분 거절한다(미안하지만). 번역가는 맞춤법 검사기처럼 틀린 부분과 더 나은 표현을 1초 만에 즉각적으로 제시해 주는 기계가 아니다.

사람들은 겉으로 보이는 한 가지 면만 보고 쉽게 판단할 때가 많다. 급한 일이 들어와서 주말에도 일을 하면 "프리랜서인데 오히려 자유롭지 못하네"라고 안쓰럽게 본다거나, 평일에 여행을 떠나면 "역시 프리랜서라서 팔자가 좋다"고 말하는 식이다.

프리랜서의 삶은 막상 살아 보면 매일 매일 역동적이고 다채롭다. 프리랜서의 삶을 한 가지 모습으로 정의 내릴 수 없다. 예를 들어서, 하루에 16시간 일을 하거나 2주 내내 매일 12시간 넘게 작업에 매달리기도 하고 어떤 때는 일이 없어 일주일 내내 놀기도 한다. 마감 시간 맞추느라 새벽 6시가 되어 잠들 때도 있어서 부득이하게 지인과의 약속을 취소하거나 미루기도 한다. 하지만 사람들은 이런 속사정도 모른 채 자기 편할 대로 판단한다. 오전에 브런치를 먹는 사진을 SNS에 올리면 이런 시간에 느긋이 식사를 해서 좋겠다거나 훌쩍 여행을 떠난 소식을 알리면 아무 때나 떠날 수 있어서 부럽다는 말을 늘어놓는다. 내가 열심히 일한 다음 날, 낮 시간의 여유를 누리고 있다거나 힘든 프로젝트를 마치고 뒤늦게 여름 휴가를 떠난다는 사실은 아무도 모른다.

내 속사정을 사람들이 모르는 거야 당연하다 싶으면서도 프리랜서의 삶에 대해 이러쿵저러쿵 편견이 가득한 말을 들을 때면 기분이 축 처진다. 그럴 때면 기분을 바꾸려고 달콤한 디저트를 먹거나 땀을 흘리며 운동에 집중하지만 도무지 감정이 다스려지지 않으면 최후의 수단인 '오프 그리드off grid 솔루션'을 사용한다. 바로 지금 내가 있는 장소를 여행지로 만들어 버리거나, 실제로 여행을 떠난다.

　미국 여행도 그렇게 해서 떠나게 된 거였다. 몰려드는 번역 마감과 주변의 편견 어린 시선, 부족한 휴식… 이런저런 스트레스가 차곡차곡 쌓이던 와중에 내 마음을 돌보는 시간이 필요했다. 우선은 익숙한 곳에서 벗어나 낯선 장소에서 새로운 사람들과 지내고 싶었다. 그대로 있다가는 사람들의 오해와 편견에 파묻혀 내 삶의 경계선이 무너져 버릴 것만 같았다.

　그렇게 새로운 장소에서 새로운 마음으로 하루를 보내는 일은 나의 마음을 크게 환기시켰다. 주말에는 느지막이 일어나 산책을 하고 운동을 했다. 어느 날은 책 한 권을 들고 공원 벤치에 앉아 놀이터에 울려 퍼지는 아이들 소리를 들으며 천천히 한 페이지씩 읽었다. 집에 들어가는 길에 강아지와 산책 중인 낯선 이를 만나면 너스레를 떨며 인사를 건네 보기도 했다. 하루 종일 노트북을 켜지 않고 있어도 무척이나 괜찮았다.

　어쩌면 여행은 내 삶의 경계선을 지키는 일일지도 모른다. 여행을 떠나 있는 동안은 잠시나마 일상과 단절돼 모든 걱정에서 해방되니까. 외부의 시선에서 자유로워지는 만큼 지친 내 마음을 들여다보고 돌볼 수 있다. 여행을 다녀와서도 나를 바라보는 사람들의 시선은 크게 달라지지 않지만 힘들었던 마음을 달래고 나면 전보다는 사람들한테 덜 상처받는다. 프리랜서의 삶을 지속할 수 있었던 건 여행의 힘 덕분이 아니었을까.

도로에 적힌 '멈춤' 표시.
비단 운전자에게만 해당되는 일일까.

Daily Scenes

내 마음에 새로운 힘을 더해 주었던
소소하지만 다채로웠던 일상의 풍경들

언제나 블랙 커피를 고집하는 편이지만 왠지 위로를 받고 싶은 날이면
휘핑 크림을 올린 따뜻하고 달콤한 커피가 생각난다.

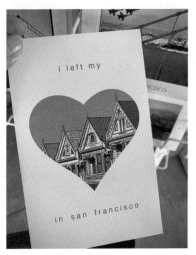

번역 마감에 진심인 편입니다

　샌프란시스코 여행을 돌이켜 보니 한껏 예민해질 수밖에 없었던 날도 있었다. 캘리포니아 북부 지역에 전기 공급을 일시 중단한다는 소식 때문이었다.

　남부와 달리 북부 지역은 가을이 되면 한층 건조해진 공기와 강한 바람 때문에 산불이 자주 일어난다. 지리적 특성 때문에 큰불로 번지기 쉬워 진화 작업이 어려운 편이고, 규모가 커지면 일부 남부 지역까지 단전을 강행하곤 한다. 주민들의 안전을 위해 어쩔 수 없는 조치라고는 하지만 문제는 이 강제 단전 조치가 언제 복구될지 알 수가 없다는 점이다. 트위터와 뉴스로 실시간 전달되는 속보 내용을 확인하는 수밖에 없다. 그야말로 대혼란이다.

번역 마감을 앞둔 나에게 단전 시행은 청천벽력과 같은 소식이었다. 전기를 쓸 수 없다면 노트북 어댑터를 사용할 수 없고, 어댑터를 사용할 수 없다면 배터리 충전을 할 수 없고, 나의 노트북은 최대 2시간을 버티다 잠들고 만다는 뜻인데… 급한 마감 건은 해결한다 쳐도 그다음은 어떡한담. 관자놀이 부근이 욱씬거리고 배가 살살 아파 오는 기분이 들어 머그컵에 따뜻한 물부터 따라 마셨다. 그리고 소식을 접한 이후로는 휴대폰과 노트북의 배터리가 1%도 떨어지는 것을 허용할 수 없어 계속 충전 케이블을 연결해 두었다.

이 와중에 마감부터 챙기는 내 신세가 웃기기도 했다. 나는 가장 먼저 휴대폰의 이메일과 달력 앱을 켜고 당장 잡혀 있던 마감 일정과 시간을 다시 한 번 확인했다. 친구는 전기가 나가면 냉장고에 든 음식물은 어떡해야 하냐며 통조림과 물을 사다 둬야 할 텐데 이미 다 품절됐으면 어쩌냐는 얘기부터 꺼냈는데 말이다. 앞으로 자기소개를 할 때는 '생존보다 마감을 우선시하는 프리랜서 번역가랍니다'라고 해야 할 판이다.

번역가를 준비하기 전부터 마감은 절대로 어겨서는 안 되는 것이며 마치 생명같이 여겨야 한다는 말을 귀에 딱지가 앉도록 들었기 때문일까. 쿵쾅대는 마음을 가다듬고 이틀 뒤까지 납기를 약속했던 번역 회사 담당자에게 지금의 상황을 설명한 뒤 현재의 작업은 시간에 맞춰 납기하되, 최소 3일 정도는 작업을 받을 수 없다고 양해를 구했다. 그 사이 새로운 속보가 도착했다. 바로 다음날 오후 4시경부터 단전을 하겠다는 내용이었다. 맙소사. 납품하려면 서둘러 광속 번역을 해야 했다.

마감은 번역가의 숙명이다. 그리고 번역가와 떼려야 뗄 수 없는 사이다. 마감 일정을 어기는 횟수가 잦아지면 시간 약속을 잘 지키지 않는 사람으로 기억되어 소중한 거래처를 잃을 수 있다. 마감이란 얼마나 위대하냐면 번역가를 먹지 않게 하고 잠도 자지 않게 하며 온 세상이 기뻐하는 공휴일마저 '그냥 마감일'로 바꾸어 버린다. 번역 완성본을 첨부한 이메일의 전송 버튼을 누르면 그렇게 즐거울 수가 없고, 납기 일정을 묻는 이메일이 이틀 연속 없으면 공짜 휴가를 얻은 것처럼 기쁘다. 마감이라는 압박에서 벗어나기 때문이다.

패션 번역 작업은 대개 기술/산업 번역에 속하고 분량에 따라 최대 10일까지도 기한을 주는 편이다. 나는 성격상 모든 작업을 마감 하루 전에 마쳐야 마음이 놓인다. 마감 몇 분 전까지 작업을 붙들고 있으면 말 그대로 심장이 떨려서 견딜 수가 없다. 일정이 촉박해진 경우에는 밤을 새워서라도 끝낸다. 학창 시절 시험 공부를 할 때 시험 날 일찍 일어나서 전체적으로 한번 훑어보자고 생각하는 대신 조금 늦게 자더라도 오늘 다 공부하고 내일은 곧장 시험장에 가자고 생각하는 편인지라 번역 일을 할 때도 이런 태도가 반영되는 듯하다. 연차가 쌓이니 작업도 조금은 유연하게 진행하는 편이어서 무조건 밤을 새우는 일은 많이 줄었지만 지금도 미리 끝내 놓지 못하면 불안하다. 이런 내가, 타지에서, 전기 공급 중단이라는 사태를 맞닥뜨렸을 때의 심정이 과연 어땠겠는가.

단전 시행 당일에는 친구와 함께 전차를 타고 다운타운에 간 뒤 역에서 가장 가까운 카페로 돌진해 두세 시간 동안 미친 듯이 일을 했다. 라떼가 식어 가는 줄도 모르고 일을 하다 친구에게 눈짓으로 잠시 자리를 봐 달라고 부탁하고(한국처럼 태연히 소지품을 두고 자리를 떴다간 큰일이 난다), 다시 일을 하고, 일을 하고, 또 하고… 눈이 빠질 것 같고 목도 뻐근했지만 다행히 작업을 모두 마치고 집에 돌아갈 수 있었다. 그런데 귀가 후 집 전원 스위치를 켜니 멀쩡하게 거실에 불이 켜지는 것이 아닌가. 속보를 확인하니 단전 시행 시간이 연기되었다는 것이다. 우리는 조금은 안심하며 저녁을 먹고 담담한 마음으로 전기 없는 내일에 대비했다. 그런데 그 다음 날도, 또 그 다음 날도 집 거실과 화장실과 냉장고에는 아무 탈 없이 불이 아주 아주 잘 들어왔다. 마치 〈양치기 소년〉의 이야기 속에 들어갔다 나온 기분이었다.

다행히 산불이 우리가 있는 지역을 피해 가면서 우려했던 단전은 실시되지 않았다. 덕분에 나는 내가 얼마나 마감에 진심이었는지를 알 수 있었다. 일해야 하는데 어쩌면 좋냐고 동료 번역가는 물론 친구에게 얼마나 호들갑을 떨어 댔는지… 지금 생각하면 창피할 정도다. 그렇게까지 예민하게 굴지는 않았어도 될 텐데. 나를 걱정한 친구가 다운타운까지 동행해 카페를 찾아 주고 자리까지 봐 주었던 순간을 떠올리면 민망하기까지 하다.

뭐, 허탈하기는 했지만 원하는 대로 마감 시간을 완벽하게 지켰으니 다행이다. 아니, 아니. 아무도 다치지 않고 피해가 없었으니 다행이었던 것으로 하자. 마감을 지켜서가 아니라!

어울리지 않을 것 같은 물건들이 모여
특유의 질서를 만들어 내는 모습이 좋다.
마감 전쟁의 연속인 프리랜서의 삶처럼.

재택근무의 달인

한 달이나 미국 여행을 다녀올 수 있었던 건 내가 재택근무에 특화되어 있었기 때문이다. 그래서 완벽하게 휴업 간판을 내걸진 못하더라도 조금 더 쉽게 여행을 떠날 수 있었다. 길을 걷다가 갑자기 마감을 하러 카페를 찾아가야 하는 드라마틱한 일이 매번 일어나는 것은 아니지만 그렇다고 아예 없는 일은 아니어서 순발력 있게 여행지를 출장지로 바꾸는 능력을 발휘한다. 쉬는 공간과 일하는 공간이 분리되지 않은 집에서도 수시로 업무와 휴식 모드 전환이 가능해 디지털 노마드 라이프에도 잘 적응하기 때문이다. 하지만 미국을 다녀오고 3개월

2년 만에

뒤, 집에서도 일할 수 있는 능력이 직장인으로서 갖추면 좋은 필수 덕목이 될 거라곤 꿈도 꾸지 못했다.

사람은 어느 정도 계획을 세우고 살아간다. 철처한 수준은 아니더라도 내년 이맘 때에는 가족끼리 시간을 맞춰 해외여행을 떠난다든가 대학원에 진학한다든가 사업 준비를 마치고 사무실을 낸다든가, 각자 자기 미래를 어렴풋이 그리며 살기 마련 아닌가. 그런데 한순간에 이런 계획을 세우는 것이 아무 소용이 없어졌다. 바로 전례에 없는 팬데믹 시대가 열린 것이다.

사람들의 생계활동을 위협하기 시작한 코로나19는 직장 생활에도 큰 영향을 주었다. 구내 식당에서 마주 보며 식사를 할 수 없고, 옆자리 동료와 이야기를 하려면 마스크를 반드시 착용해야 하며, 바이러스의 위협을 피하기 위해 재택근무의 비중이 높아졌다.

우리 나라가 가장 큰 혼란에 빠졌던 2020년 3월 초에 한 친구한테서 연락이 왔었다. 팬데믹 때문에 친구의 직장인 유치원 휴원 기간이 늘어나서 그 기간 동안 수업 준비도 하고 휴가도 즐기려고 했는데 매일 잠옷 차림으로 24시간을 보내기 일쑤라며 도대체 넌 어떻게 집에서 근무도 하고 쉬기도 하냐고 묻는 게 아닌가. 집에서 편하게 일하고 사는 사람이라는 편견 덕에 매번 '좋겠다'는 말만 들었던 내겐 신선한 질문이었다. '그래, 늘 부럽다고만 하더니 직접 해 보니 쉽지 않지?' 이렇게 말하고 싶었지만 친구의 몸부림이 안타깝게 느껴지기도 했다.

SNS를 보니 이런 상황 속에서 가장 당황하지 않은 사람들은 나와 같은 프리랜서 번역가들이었다. 우리는 지금까지 당연하게 집에서 일을 해 왔으므로 공유 오피스를 쓰는 번역가가 아니고서야 업무 환경의 변화를 크게 느끼지 못했다. 변화를 느끼지 못했으니 혼란도 없었다. 업체 관계자와 이메일로 소통하다 보니 대면 작업보다는 비대면 작업에 이미 익숙한 데다, 식탁 겸 다용도 테이블에 앉아 노트북으로 일을 하는 게 힘들다는 말도 잘 이해가 가지 않았다. 아니, 집에 왜 책상이 없는 거지? 그저 놀라울 따름이었다(친한 친구 집에 책상이 없다는 이야기를 듣고 깜짝 놀란 적이 있다. 사회인이 된 뒤로 집에서 일을 하거나 공부를 하지 않으니 책상이 필요하다는 생각을 아예 하지 않았다고 해서 문화 충격을 받았었다).

2년 만에

프리랜서는 어디서든 근무할 수 있다. 최고의 장점이자 단점이다. 다만 집은 가족이 함께 지내는 공간이므로 이래저래 충돌이 생기기도 한다. 그래서 결국 누군가—아니, 나—는 카페로 나가거나 도서관으로 나가게 된다. 편히 일을 할 수 있을 줄 알았는데 의외로 그렇지 않다는 사실을 재택근무를 해 보면 깨닫게 된다. 아무리 24시간을 한 시간 단위로 쪼개서 계획표를 세워도 그대로 실천하기 힘들기 때문이다.

휴대폰에 '캘리포니아의 추억'이라는 폴더에 저장되어 있는 미국 여행 사진들을 보다 보니 그곳을 여행하고 디지털 노마드로 생활할 수 있었던 시간이 참으로 감사하게 느껴졌다. 가장 여행하기 좋은 계절이라는 가을에 망설임 없이 휴가를 떠났고, 일을 해야 할 때는 핫스팟을 켜고 공원 잔디 위에서도 노트북을 두들겼다. 그러다 고개를 들어 아름다운 미국 서부의 노을 풍경을 감상하고 여러 사람들과 마스크 없이 자유롭게 저녁 공기를 마음껏 들이마셨다. 열이 나거나 목이 아플까 봐 신경을 곤두세우지 않아도 되었던 그때. 다시 되찾을 수 없는 그 시간들이 더욱 애틋하게 느껴진다.

주로 집에서 작업하느라 원래부터 '사회적 거리'를 두며 살았던 셈이지만, 팬데믹 이후 2년간 나에게도 큰 변화가 생겼다. 가끔씩 기분 전환하러 카페에 나가던 일이 조심스러워진 것, 공원을 산책할 때도 마스크로 코와 입을 가려야 했던 것, 그나마 나를 바깥세상으로 꺼내어 주던 친구들의 '한번 보자'던 말이 '잠잠해지면 보자'로 바뀐 것, 코로나19 때문에 해외 업체의 번역 의뢰가 무기한 연기되는 바람에 수입이 떨어진 것, 해외 거래처 이메일의 끝맺음 인사가 'Stay safe and well(안전하고 건강히 지내길 바랍니다).'로 바뀐 것이다. 동료 프리랜서들과 평소와 별다를 것 없지 않냐는 우스갯소리를 주고받아도 바로 이 변화들 때문에 참으로 쉽지 않은 시간을 보냈다. 특히 카페나 공원에서 시간을 보내는 소소한 일상조차 허락되지 않는 것이 현실이라는 것을 인정해야 했으니까.

어찌 되었건, 집에서 지내는 시간이 힘들다고 하소연했던 친구에게는 그냥 휴가 받았다고 생각하고 잘 쉬어 두라고 대답했다. 재택근무의 달인이 해 줄 수 있는, 진심을 담은 적당한 대답이었다. 하지만 정말로 일을 해야 될 때도 집중이 안 되면 어떡하냐는 친구 말에 이렇게 답을 해 주었다.

"음, 더 이상 미루면 안 되는 순간까지 일을 미뤄 봐. 잠을 자고 싶어도 눈이 번쩍 뜨이게 될 거야."

포근하고 아늑한 서재를 갖고 싶다.
나의 작업 공간이자 휴식 공간이 될.

2년 만에
비행기 모드 버튼을 눌렀다

2021년 9월의 마지막 날, 나는 약 3개월 동안 매달렸던 출판 번역의 마무리를 앞두고 있었다.

사실, 번역가로 살아온 5년 동안 내내 패션 번역에만 몰두했던 것은 아니었다. 다양한 분야에 도전해 보고 싶기도 했고 스펙트럼을 더 넓히고 싶어서 안정적인 거래처를 확보한 이후에도 구인구직 사이트를 들락거리며 여러 업체의 테스트 기회를 노렸다. 그러던 중, 생각지도 못하게 출판 번역을 제안받았었다. 그동안 SNS에 틈틈이 번역가로서의 삶을 기록했는데 그게 인연이 되어 처음으로 출판 번역 기회를 얻게 되었다. 설레는 마음을 안고 초여름 즈음 작업을 시작했지만 다른 번역 일이 수시로 끼어드는 바람에 생각만큼 속도를 내지 못했고, 몸이 남아나지 않을 것 같아 중간에 며칠씩 쉬었더니 어느새 출판 번역 마감이 코앞으로 닥쳤던 것이다.

코로나19로 혼란한 일상을 보내던 와중에, 연달아 몰아치는 마감 일정과 번역 작업이 주는 중압감을 견디기가 어려워 이대로라면 정말 죽을지도 모르겠다는 생각이 불현듯 들었다. 여느 때보다 더 평범한 일상이 되어 버린 재택근무와 제한된 외출, 변치 않는 프리랜서를 향한 편견까지, 그날 나는 더 이상 내 마음에 쌓인 부담감을 이겨 낼 힘이 없었다.

나는 출판 번역을 정말, 정말로 잘하고 싶었지만 세상의 모든 것은 나의 집중력을 흐트러뜨리려고 작정한 것처럼 굴었다. 인생에서 두 번 오지 않을지도 모르는 중요한 번역 작업이라는 생각에 한껏 예민해져 있었는데 지인들한테서 자꾸만 이런저런 연락들이 왔다. 인간관계가 넓은 편도 아닌데 신기할 정도였다. 우리 집 근처에 올 일이 생겼는데 한번 보자면서 같이 밥이라도 먹거나 커피 한잔하자는 식이었다. 거절을 잘 못 하는 편인데도 출판 번역 마감을 꼭 지켜야 한다는 일념 하나로 이런 제안들을 계속 모른 척하고 있었으나 초여름에서 완연한 가을로 접어들 즈음, 더 이상은 힘들겠구나 싶었다.

잠깐 시간 내는 게 뭐 어렵냐고 할 수도 있지만 나는 마감에 죽고사는 프리랜서이기에, 마감 날짜가 다가올수록 번역 외의 모든 일상이 너무나도 버거웠다. 깊은 산골이든 외딴 섬이든 연락이 닿지 않는 곳에 며칠만이라도 있고 싶은 마음이 간절했고 마감이 주는 압박감과 잘 해내고 싶다는 욕심이 더해져 마음의 여유가 전혀 없었다. 오랜만에 보자는 친구의 한마디부터 추가 작업이 가능하냐는 거래처의 요청, 얼굴 한번 보기 힘들다는 엄마의 투정까지 별수 없이 두 눈을 질끈 감고 모든 연락을 애써 모른 척했다. 평소에 인스타그램에 요리 사진 올리는 걸 좋아했는데 그마저도 하지 않았다. 일상 사진을 올리면 다들 내가 한가롭다고 생각하고 불쑥 약속을 잡으려고 할 때가 많기 때문이다.

잔뜩 쌓인 번역 일 때문에 수차례 거절하는 게 미안해서 안 되는 시간을 쪼개서라도 약속을 잡았다가 후회

하기도 한다. '나 7시엔 들어가야 해'라고 말해도 상대 방은 가볍게 넘기기 일쑤다. 어차피 프리랜서인데 밤이고 낮이고 언제든 일하기 편하지 않느냐는 편견이 그들 마음속 밑바닥에 깔려 있다. 상대가 자리에서 일어날 생각을 하지 않으면 나도 모르게 눈치를 보게 된다. 그들의 느긋한 태도와 달리 나는 자꾸만 의자 끄트머리에 엉덩이를 걸쳐 앉게 되었고 툭하면 시계를 쳐다봤다. 간신히 지인과 헤어져 작업실로 돌아오면 마음이 무거워진다. 오랜만에 만난 지인에게 너무 매몰차게 굴었나 싶어 죄책감이 드는 한편, 밤을 새워서라도 해치워야 할 번역이 눈앞에 쌓여 있는데도 프리랜서 사정을 이해 못 하는 그들에게 서운한 감정이 동시에 든다.

안부를 물어서 근황을 알려 주면 오전 11시에 첫 끼를 먹어서 좋겠다는 둥 새벽 2시에 자서 좋겠다는 둥 나의 상황은 고려하지 않은 답변을 돌려받았다. 일이 안 끝나서 새벽 2시에 잔 것이고, 그렇게 늦게 자서 어쩔 수 없이 11시에 첫 끼를 먹었던 건데… 남들 눈에는 프리랜서 생활이 세상 편하고 말처럼 '프리'해 보이는 모양이다.

"직장생활 힘들지? 출퇴근하느라 힘들고 상사랑 동료들 눈치 보느라 힘들겠지. 그래, 네 일이 제일 어렵지."

왜 나는 늘 이런 대답을 해야 하는 걸까. 내 속마음은 사실 이렇게 외치고 있었다.

"미안한데, 나 좀 그만 찾고 밥은 알아서 좀 먹어. 출근 안 해서 좋겠다는 소리는 직장을 그만둔 후에 얘기하고."

스스로 정했던 마감 기한을 여러 번 뒤로 미룰 수밖에 없었던 사정이 있었고, 더 멋지고 깔끔한 번역문을 내놓으라며 내가 나를 사정없이 몰아붙이던 때였기에 이로 인한 자책감, 주변의 상황을 모른 척해야 한다는 부담감과 피로감이 몰려 내 감정은 폭발 직전에 이르렀다.

'세상에. 이러다간 말 그대로 미쳐 버릴지도 몰라.'

이런 생각이 머릿속에 스친 순간, 반짝이는 전구처럼 휴대폰의 '비행기 모드 버튼'이 떠올랐다. 해외 여행을 가려고 비행기를 탈 때나 누르던 바로 그 '비행기 모드 버튼'! 팬데믹이 시작되고 2년간 비행기를 탈 일이 없어서 까맣게 잊고 있던 버튼.

결국 나는

2년 만에

비행기 모드 버튼을

눌렀다.

그때는 거래처의 연락뿐 아니라 누구의 연락도 받고 싶지 않았다. 나를 찾아주는 고마운 사람들의 안부 인사도 받고 싶지 않았다. 팬데믹으로 원치 않게 사람들과 사회적 거리두기를 하게 됐지만 인터넷과 모바일로 초연결된 사회 속에서 완전히 혼자가 되기란 쉽지 않다. 외부의 지나친 관심과 부담스러운 간섭에서 벗어나고자 나는 자발적으로 세상과의 단절을 택했다. 잠시라도 온

전한 자유를 만끽하고 싶었다.

버튼 하나를 누른 덕분에 세상이 어떻게 돌아가는지, 오후 1시를 기준으로 확진자는 몇 명이나 나왔는지, 이메일은 왔는지 그 무엇도 알 수 없었다. 그런데 마음이 더없이 차분하고 평안했다. 은은한 재즈의 선율과 A4 80장에 가까운 원고와 밖에서 사 온 1리터짜리 커피, 주황빛 램프 조명, 창밖의 소음, 파아란 하늘의 뭉게구름. 이것들이 전부였기에 정말로 비행기를 탄 기분이 들었다. 몇 년 전까지만 해도 설레는 마음으로 탑승한 비행기 내에서 어쩔 수 없이 눌러야만 했던 버튼이었는데 방 안에서도 이 버튼 덕분에 한순간에 홀가분해지다니!

조금 더 지나서 생각해 보니, 그때 번아웃이 온 데다 마음의 감기까지 겹쳤던 것 같다. 프리랜서도 엄연한 직업인인데 할 일이 산더미처럼 쌓여 있어도 직장인보다야 작업 시간을 자유롭게 조정할 수 있지 않느냐는 무언의 압박을 받곤 한다. 약속 시간을 잡을 때도 내 작업 일정보다는 상대의 일정에 맞춰 움직이게 된다. 본래 사람을 좋아하는 편이다 보니 나를 찾아주는 사람들에게 무조건 감사하게 생각해야 한다는 강박에 시달렸다. 내 상황이 안 되면 지인들의 만나자는 제안을 거절하면 되는데 나도 모르게 '프리랜서인 내가 맞춰야지' 이런 생각의 굴레에서 벗어나지 못했다. 계속 그런 일이 반복되자 결국 감정이 폭발한 것이다.

비행기 모드 버튼을 누르고 온전히 번역에만 집중할 수 있었다. 덕분에 끓어올랐던 화도 서서히 가라앉았다. 그날 저녁 번역 원고를 마무리해서 보내고 10시간 31분 만에 비행기 모드를 해제했다.

휴대폰을 들여다봤는데 아무 일도 일어나지 않았다. 거래처의 급한 연락도 없었고, 지인들의 연락도 없었다. 다행이었지만 맥이 빠졌다. 그동안 나는 무엇이 두려웠던 걸까. 프리랜서로 살면서 일종의 피해의식이 있었던 건 아닐까. 업체의 번역 의뢰를 거절하면 영영 일이 끊길까 봐 전전긍긍하듯이, 인간관계에서도 사람들에게 NO라고 말하면 외톨이가 될까 봐 두려웠던 것 같다. 내 상황과 마음을 돌보지 않고 미련하게 일을 꾸역꾸역 받은데다, 사람들의 요구와 부탁을 거절하지 못해 이리저리 끌려다니다 만신창이가 됐던 거다. 잠시 모든 것에서 벗어나 오로지 나 자신에게 집중을 하고 나니 지쳤던 마음이 재충전되었다. 길다면 길고, 짧다면 짧은 10시간 동안 마음의 거리두기를 한 덕분에 다시 사람들과 가까워질 수 있는 용기가 생겼다.

비행기 모드 버튼을 누르는 행위는 나를 힘들게 하는 일로부터 거리를 두는 동시에 상대방에게 선을 넘지 말라고 경고하는 일종의 신호가 될 수 있지 않을까.

단 하루였지만, 자발적으로 외부의 모든 것과 단절된 시간을 보내고 나니 나를 한없이 짓누르던 부담감이 사라졌다. 팬데믹 때문에 여행을 떠나기 어려워 까맣게 잊고 있던 이 비행기 모드 버튼을 방 안에서 누르게 될 줄은 생각도 못 했다. 비행기 안이든 방 안이든 비행기 모드 버튼이 발휘하는 힘은 강력했다. 나에게 오는 전화도 받을 수 없고, 나 역시 누군가에게 연락을 할 수도 없다. 급한 연락이 오면 어떡하지라는 염려마저도 내려놓고 온전한 자유를 만끽할 수 있다. 비행기 모드 버튼은 잠시나마 모든 것과 완벽하게 단절되는 순간을 선사해 준다.

샌프란시스코행 비행기 안에서 설레는 기분으로 눌

렀던 이후로, 2년 만에 마주한 비행기 모드 버튼이 나의 탈출구가 되어 주었다. 다만, 다음에는 자유롭게 여행을 떠날 수 있는 그날, 휴대폰 화면에 비행기를 띄우고 싶다.

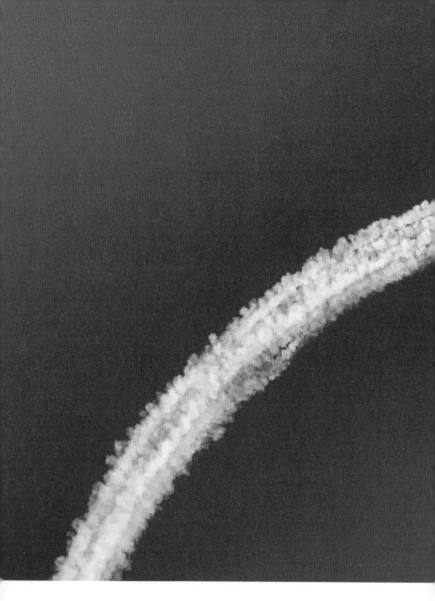

나의 마음도, 당신의 마음도
맑은 하늘처럼 한층 푸르고 짙어지기를.

어느새 추억,
모든 것은 지나간다

한번은 휴대폰 속 미국 여행 앨범을 구경하다 친구와 책상에 앉아 있는 사진을 발견했다. 사회적 거리두기가 완화되면서 일상 회복을 향한 기대감이 상승했다가, 다시 상황이 급변해 각종 행사와 계획들이 잠정 취소되고 있다는 뉴스가 흘러나오던 때였다. 사진을 보니 같이 아침 겸 점심을 먹고 각자 노트북으로 할 일을 하던 때에 찍은 것 같았다. 미국에 있을 때도 당연하게 노트북 앞에 앉아 있는 내 모습을 보니 피식 웃음이 났다. 그렇다. 여행을 하고 있었을 때나 지금이나 내가 일하는 모습에는 변화가 없다. 하지만 그 사이 한 가지 달라진 것이 있다면, 번역 업계에도 큰 영향을 미친 코로나19의 등장이 아닐까 싶다.

특히 미국 여행 직후인 2020년부터 2년 동안은 코로나19 덕분에 일을 하고, 또 코로나19 때문에 일을 하지 못했다고 말할 수 있다. 번역 업체들은 주로 프리랜서와 작업을 하고, 프리랜서 번역가들은 노트북과 와이파이만 있으면 길바닥에서도 일을 할 수 있기 때문에 갑작스러운 업무 환경 변화로 대혼란을 겪는 상황까지 가지는 않았다. 그렇다고 타격을 받지 않은 것은 아니었다. 영국은 2020년 봄에 코로나19 대유행으로 도시 봉쇄 조치가 내려졌는데, 그때 나와 작업하고 있던 패션 업체는 정부 지침에 따라 회사를 잠정 폐쇄하게 됐다면서 2주간 작업이 없을 거라고 안내 메일을 보냈었다. 다만 그 '2주'가 다시 한 번, 그 이후에 또 한 번, 그 다음에도 한 번 더 반복되면서 나는 강제 무급 휴가에 들어가게 됐다.

메일을 받았을 당시는 본래 번역 비수기에 접어드는 때이기도 했고 나는 봄마다 어디로든 일주일 정도 국내 또는 해외여행을 떠나곤 했었으니 공식적인 휴가를 얻은 것이라 생각하기로 했다. 프리랜서는 일이 없는 공백 기간에 느끼는 불안감도 끌어안고 살아야 하는 운명이기에 '잠정 2주'가 여러 번 반복되더라도 자기 계발을 할 수 있는 시간을 얻은 거라고 생각하며 마음을 다독일 수밖에 없었다. 또 갑자기 일의 공백이 생기는 게 프리랜서한테는 드문 일이 아니므로 크게 당황하지는 않았다. 물리적인 여행은 불가능해졌지만 매일 주어지는 하루를 여행하듯 보내며 잘 헤쳐나가자고 다짐했다.

외출을 마음껏 할 수 없게 되자 밀렸던 일들과 미뤄두었던 일들을 해 보는 건 어떨까 싶어 가장 먼저 손에 책을 들었다. 사 놓고 읽지 못했던 책들의 목록을 정리한 뒤 하나씩 읽어 나갔다. 또 시간적 여유가 생긴 김에 첫 번째 명함을 직접 디자인해서 만들고, 운동도 하고, 다양한 요리에 도전하는 등 일상을 즐겼다. 그런 순간들을 사진으로 남겨 SNS에 공유하며 사람들과 긍정적인 에너지를 주고받았다. 답답하기는 해도 집순이 기질이 있는 편이라 조금 더 수월하게 버틸 수 있었고, 도저히 안 되겠다 싶을 때는 마스크를 쓰고서라도 공원을 산책하거나 달리기를 하며 답답함을 해소했다.

시간이 흘러 완연한 봄이 되자 갑작스러운 봉쇄 조치로 모든 작업을 보류했던 거래처들이 공격적으로 번역을 의뢰하기 시작했다. 그들도 이 상황을 어떻게 헤쳐나가면 좋을지 고민하고 준비하는 시간을 보냈던 듯하다. 그때 번역했던 기사들은 패션 디자이너나 유명 인사들이 슬기로운 집콕 생활 방법을 알려 주고 이 힘든 시기를 함께 이겨 내자는 희망의 메시지가 중심이었다. 일이 없어 내심 불안했던 내 마음도 번역을 하면서 풀리는 기분이었다. 활자 너머로 전해지는 그들의 따뜻한 마음에 가장 먼저 감동하고, 어떻게 하면 이 글을 한국어로 잘 옮길 수 있을지 고민했다. 더불어 팬데믹 라이프로 들어서면서 디자이너들이 편안하고 마음에 안정을 주는 디자인을 선보이기 시작했는데, 나는 이러한 움직임을 패션 번역가로서 가장 먼저 마주하기도 했다. 그러다 또 봉쇄 조치가 내려지면 작업 스케줄로 빽빽했던 달력이 깨끗해지고, 시간이 조금 지나면 다시 팬데믹을 주제로 한 창작물의 번역 의뢰가 들어왔다.

이런 상황을 보고 있으니 프리랜서 번역가는 코로나19 덕분에 돈을 벌다가도 코로나19 때문에 일을 잃기도 하는 특이한 직업 같다는 생각이 들었다. 일자리를 잃을까 봐 불안해하는 주변 사람들을 보니 일이 있다는 사실에 감사하면서도 코로나19와 관련된 기사의 번역료

가 입금된 것을 보면 팬데믹 덕분에 일을 얻었다는 기분을 지울 수 없었다.

그러다 애초에 이러한 상황이 생겨나지 않았으면 어땠을까 하는 상상을 해 보기도 했다. 이미 어딘가로 떠나 있거나 떠날 준비를 하면서 열심히 작업을 하고 있었겠지. 또다시 노트북 앞에 앉게 된다 하더라도 새로운 장소에서 키보드를 두드리고 있다면 좋을 텐데. 아, 친구 부부는 잘 지낼까. 같이 일하다 이야기를 나누던 시간들, 참 좋았는데.

작은 방 안, 모니터 앞에 앉아 휴대폰에 담긴 사진을 쳐다보고 있으니 자유롭게 여행을 준비하고 계획하던 순간들이 그리워졌다. 와이파이가 있는 카페를 찾아 헤매고, 일이 다 끝나지 않아서 다 마신 커피를 또 시키고 다급히 노천 테이블에 앉아 일을 해결하던 그때가, 갑작스러운 일 때문에 우연히 들어간 낯선 카페에서 새로운 추억을 만들었던 기억과 시차를 잘 계산하지 못해 마감을 못 지킬 뻔한 오싹한 경험이 하나둘씩 떠올랐다. 언제 그때로 돌아갈 수 있을지 알 수 없다는 생각이 들자 조금 우울해지는 것 같아서 친구에게 메시지를 보내고 싶어졌다. 시계를 보니 샌프란시스코는 새벽이어서, 우리의 사진과 함께 잘 지내냐고, 보고 싶다고, 이때 재밌지 않았냐는 문자를 남겨 두었다.

그로부터 좀 더 시간이 흘러, 방역 조치가 완화되면서 이제는 야외에서 답답한 마스크를 벗을 수 있게 되었다. 절대로 돌아오지 않을 것만 같았던 이전의 모습이 살아나는 것을 보며 우리의 삶은 참으로 예측할 수 없다는 사실을 다시 실감했다. 팬데믹이 완전히 끝나려면 아직 더 상황을 지켜봐야 하지만 사람들의 활짝 웃는 얼굴을 온전히 볼 수 있는 시간이 서서히 다가오고 있다. 필요한 절차만 잘 거치면 멀리 떨어진 누군가와도 만나는 일이 어렵지 않아졌다.

그렇다고 팬데믹 기간 동안 사회적 거리두기를 하며 달라진 삶의 방식이 하루아침에 다시 이전으로 돌아가진 않을 것이다. 우리는 달라졌고, 성장했으며, 작은 것들을 좀 더 소중히 여기게 되었다.

미국 여행을 그리워하듯 팬데믹 시기의 삶이 그리워질지는, 잘 모르겠다. 하지만 팬데믹 속에서도 나의 일상은 계속되었고 프리랜서의 삶도 지속되었다. 모든 것은 지나가기 마련이라고, 팬데믹도 언젠가는 완전히 지나갈 것이다. 어쩌면 좀 더 시간이 흘러 팬데믹이 더 먼 과거가 되면 사람들과 함께 웃으며 추억할 수 있지 않을까 조심스럽게 희망을 걸어 본다. 친구한테 보고 싶다고 문자를 보내는 대신, 직접 비행기를 타고 날아가 '오랜만이야'라는 인사를 건넬 수 있으면 더 좋을 테고.

곧 과거가 될 밤 시간.
팬데믹 역시, 하루빨리 완전히 지나가길.

How are you today?

힘들 땐 쉬어 가면 된다. 아주 단순하고 명쾌한 사실인데 우리는 이 점을 간과하곤 한다. 조금만 둘러보면 가까이에 따스한 햇빛이, 선선한 바람이, 넉넉한 그늘이 있는데 여행을 할 때도 평범한 일상을 보낼 때도 눈앞에 보이는 것만을 향해 돌진하다 보니 풍요로운 시간들을 누리지 못한다. 그렇게 결국은 지치게 되고, 모든 것을 멈추고 쉴 수밖에 없는 상황에 부딪치게 된다.

LA 다운타운을 여행하던 때에는 아침 저녁으로 크게 나는 일교차와 누적된 피로 때문에 자주 식은땀을 흘렸다. 화장실 사용이 편리하지 않기 때문에 물을 마음껏 마시기도 어렵고, 각종 편의를 누리겠다고 내킬 때마다 카페에 가서 무언가를 사 마시기에는 경비도 시간도 넉넉하지 않았다. 여행자가 할 수 있는 일은 결국 걷고 또 걷는 것뿐. 가방을 멘 어깨와 종일 혹사당한 발바닥, 내리쬐는 햇볕에 부신 두 눈이 잠시라도 쉬어야 한다는 신호를 보냈다. 하지만 자꾸 주저앉았다간 미리 세워 둔 하루 일정이 다 틀어져 버리기에 손목시계를 들여다보며 길을 재촉했다. 그렇게 걷다 고개를 돌려 보니 시야에 커다란 나무와 그 아래에서 휴대폰을 보며 잠시 쉬고 있는 한 남성이 눈에 들어왔다.

그 모습을 보니 꽤 오래 전 홍콩을 방문했을 때가 떠올랐다. 자유 여행 마지막 날, 남은 시간을 알차게 써야 한다는 강박과 예전에 들러 보지 못했던 곳까지 가 봐야 한다는 생각에 조급증이 생겼다. 동시에 돈을 아껴야 한다는 마음에 걸어서 모든 곳을 이동하다가 추운 날씨와 그칠 줄 모르는 비 때문에 딤섬 맛집 한 군데만 방문한 뒤 일찍 숙소로 돌아왔었다. 급격하게 컨디션이 떨어져서 모든 일정을 취소하고 꼼짝없이 누워 쉴 수밖에 없었다.

그 후로 반드시 유명 맛집 음식을 먹어야만 즐거운 것인지, 특정 기념품을 사야만 여행이 기념되는 것인지, 그 위치에서만 사진을 찍어야 여행이 여행다워지는지 진지하게 고민해 봤다. 여행 일정에 쫓겨 정신없이 걷느라 놓치는 것이 오히려 더 많지 않을까, 라고.

나는 그때 기억을 까맣게 잊고 미국에서도 똑같은 행동을 되풀이하고 있었다. 다음날 새벽부터 일정이 있어서 절대 무리하면 안 되는데 말이다. 결국 벤치에 앉은 남자를 따라 나도 한쪽에 자리를 잡았다. 버스 도착 정보까지 알려 주는 지도 앱을 보니 이대로 5분 넘게 쉰다면 버스는 정류장을 지나가게 된다. 에잇, 나도 모르겠다. 일단 어디에서 무슨 버스를 타야 하는지는 잘 알고 있으니 이왕 쉬기로 한 거 좋아하는 노래를 재생하고 지나가는 사람들을 구경하기 시작했다. 평일 오후인 데다 사무실이 많은 곳인지라 구경할 사람마저 사라지면 사진을 찍기도 하고 물도 한 모금 마시고 이따가 저녁은 뭘 먹을까 등을 고민했다. 그렇게 잠시 쉬었더니 땀도 다 식고 아픈 다리도 회복되었다. 다시 걸을 힘이 생겼다. 바빠서 들를 시간이 없다고 지나쳤던 맞은편 미술관의 기녑품 가게까지 둘러봐도 충분히 괜찮을 것 같았다. 이후 버스를 한 대 보내느라 예상보다 조금 늦게 숙소에 도착 하긴 했지만 몸은 확실히 덜 피곤했다. 나의 몸 상태에 조금 더 마음을 기울인 덕분이었다.

　그러고 보면 미국에서는 어디서든 'How are you today?'라는 질문이 따라온다. 나는 이 안부 인사가 좋다. 형식적인 손님맞이 인사이기도 하지만 간혹 그 짧은 인사로부터 이어진 대화가 여행지에서 보낸 하루를 강렬하게 만들어 주기도 한다. 어깨에 잔뜩 들어갔던 힘을 빼고 웃으며 'I am good. How about you?'라고 대답을 하면 상대방 얼굴에도 가벼운 미소가 번진다. 소소한 안부 인사 덕분에 입가에 걸린 미소는 오랫동안 사라지지 않고 마음도 편안해진다.

　그때 LA에서 다리가 아픈데도 무작정 계속 걸었다면 어떻게 되었을까. 몸도 마음도 모두 지치지 않았을까. 낯선 곳에서 만난 타인들마저 내 안부를 물어봐 주는데 과연 나는 나 자신의 안부에 얼마나 관심을 기울이며 지냈던가. 외롭고 고독한 프리랜서의 삶을 살면서 '이건 원래 다 그런 거니까 참아야 한다'고 나 자신을 몰아세

2년 만에

우기만 했던 것은 아닐까. 나는 나를 얼마나 돌봐 주고 있었을까. 오랫동안 내 마음을 돌봐 주지 못해서 결국 자발적인 단절을 선택하게 된 게 아닐까.

　팬데믹 직전에 떠났던 미국 여행은 나의 일상에서 잠시 벗어나기 위한 '쉼표 여행'과 같았다. 하지만 아이러니하게 그곳에서도 별다를 거 없는 나의 일상이 계속 이어졌다. 마감을 맞추려고 하루 종일 번역을 하기도 했고, 예뻐 보이는 옷을 발견하고 호기롭게 가격표를 확인했다가 고이 선반 위에 모셔 두기도 했고, 지갑 속 달러가 모자라 저녁으로 먹으려던 메뉴를 포기하기도 하고, 갑작스러운 번역 의뢰로 친구 부부가 TV를 보는 동안 옆에서 노트북을 두들겨야만 했다. 그 속에서도 아주 조금 다른 일들이 있었다면 다 함께 식사 준비를 해서 저녁을 먹은 것, 운동을 마친 뒤엔 달콤한 밀크티를 사 마시며 어제 봤던 예능 프로그램이 얼마나 웃겼는지 이야기했던 것, 주말에 가 볼 만한 곳을 찾아 나갔던 일 정도였다.

　이 별것도 아닌 일들이 '별것'이 되어 가슴속에 오래오래 남아 있을 줄은 생각도 하지 못했다. 일상을 벗어나려고 떠난 여행지에서 뜻밖에도 일상의 소중함을 깨달은 것이다.

그래서 요즘은 나 자신에게 종종 묻는다. 오늘 나의 기분과 상태는 어떤지 집중하고 관찰한다. 왠지 모르게 우울한 날에는 맛있는 음식을 먹기도 하고 왠지 마음에 여유가 생긴 날에는 친구를 식사에 초대하고, 기분이 좋은 날에는 마음껏 신나는 노래를 부른다.

특별한 하루가 아니어도 괜찮다. 그저그런 하루여도 상관없다. 억지로 'I'm fine.'이라고 대답하지 않아도 괜찮다. 힘들면 쉬어 가면 된다. 마음이 지치면 잠시라도 세상과 단절된 시간을 보내면 된다. 잠깐 속도를 늦춘다고 불행해지지 않는다. 여행을 할 때도, 여행을 닮은 삶을 살아갈 때도.

오늘도
당신과 나의 마음에
안부 인사를 건네 본다.

2년 만에

"How are you today?"

비행기 모드 버튼을 눌렀다

사방에 그늘을 드리워 주는 크고 오래된 나무들 곁에서
쉬다 보면 마치 이렇게 말해 주는 것 같다.

'너무 힘들어하지 마. 별일 아니야.'

2년 만에 비행기 모드 버튼을 눌렀다

1쇄 발행 2022년 7월 11일

지은이 정재이
편집 함혜숙
디자인 김민희
마케팅 손현정, 이지현
제작 제이오

펴낸이 서준식
펴낸곳 더라인북스
등록 제2016-000125
주소 서울시 마포구 동교로 142-8 세선빌딩 2층
전화 02-332-1671
팩스 02-325-1671
이메일 thelinebooks@naver.com
인스타그램 @thelinebooks
블로그 blog.naver.com/thelinebooks

ISBN 979-11-8840-329-5 03810